庫

遠《とお》海《み》事件
佐藤誠はなぜ首を切断したのか？

詠《よみ》坂《さか》雄二

KOBUNSHA

光 文 社

はじめに

佐藤誠《さとうまこと》に関しての言説は数多い。

その通称も並んで多く、殺人鬼という簡潔なもののほか、現代最悪の犯罪者、殺害主義者などがよく使われ、より端的に、鬼、冷血といった呼称も資料ではふんだんに散見される。そこには明らかな間違いや誇張が含まれており、それにより生まれた括弧《かっこ》付きの佐藤誠のイメージが、刑執行から三年が経過した今もなお想像力乏《とぼ》しいコンテンツクリエイターたちに明日の楽観を与えている現状は、読者諸氏には既知《きち》のことでもあろう。

幻視趣味を持ちながらその才能を持ち合わせない彼らに冷や水を浴びせるつもりはないが、一部で神格化されている佐藤誠の虚像を強化することも筆者の目的とするところではない。こうした断りを置くのは、本書の前作にあたる『昨日の殺戮儀』が好評をもって迎えられたのは良かったものの、寄せられた反響に誤解と思われるものが多く含まれていたからである。犯罪学者の末席を汚《けが》す身としては、殺人鬼幻想を広めることはもちろん、新たな誤解を重ねることも避けねばならない。ゆえに、ここで序文という本稿の目的を思いつつ、最低限これだけはと思う知識をいくつか駆け足で確認しておく。必然的にそれは、読者が彼へ抱いているかもしれない幻想を解くことにも繋《つな》がるだろう。

まず第一に、佐藤誠が告白した殺人は全部で八十六件である。

この数字は証言記録として残っている。さらに付け加えるなら、彼はすべての殺人を思い出せた自信はないと漏らしており、この数字は上方修正の可能性を持っている。ここから佐藤誠を八十六人殺し、あるいはもっとおおらかに百人殺しなどと呼ぶ場合があるが、これは間違いであり、法治国家では名誉毀損《めいよきそん》ですらある。

佐藤誠は八十六人殺しを自白した。しかしながら検察が起訴したのは十三件の殺しについてのみであり、地裁が有罪を認めたものとなると、そのうちの九件にすぎない。多くの事件が不起訴あるいは無罪となっており、司法の判断を尊重するならば、佐藤誠が生涯で殺した人数は九人となる。こうなると、明治四十一年に施行された現行刑法上、殺人罪で最も多くを殺した犯罪者といった呼び名も土台を失ってしまう。

もちろん、だから彼は九人しか殺していないなどと言うつもりはない。

むしろ佐藤誠の存在を知りもう十年以上関わり続けてきた今、彼が八十人以上を殺しただろうことを筆者は確信している。逮捕後も理性的に振る舞い、判決は死刑以外にないと知っていた彼が犯罪を少なく見積もる理由はなく、また水増しして自分を偉大に見せようなどという虚栄心も、その人格からは最も遠いものだ。多少の記憶違いはあるにせよ、彼は確かにそれだけの殺しを行ったのであろう。

だがそうした点を指して彼を連続殺人犯と呼ぶことも、実は正しくない。

佐藤誠の殺人は、そのほとんどが連続したものではないのだ。基本的に不連続であり、たとえ関連していても二つまで、三つ以上の殺しを関連させて行った証拠はない。

理由としては、事件同士の乖離性《かいりせい》、より直截《ちょくせつ》には動機の多様性が挙げられる。

佐藤誠が八十人以上もの人間を殺すまで当局に逮捕されなかった最大の理由と、佐藤誠という人格が持つ最大の特異性がそこには同居しており、多くの犯罪学者をして彼を手段型の殺人犯と分類せしめた所以《ゆえん》でもある。

犯罪史上、多数の人間を殺害した殺人犯は大抵、その動機も一元化している。そうでなければ殺し続けられない。もちろんその内容は個々によって違う。例えば金であり、性衝動であり、特別な人種、思想集団への憎悪であったりするが、殺すほど動機が単純化されていく傾向は常にあり、その裏もまた然《しか》りである。人は何にでも慣れてしまうものであるし、またそうなって初めて長く続けられるようになるものだ。

だが佐藤誠にそれはない。

多くを殺害しながら、彼が持つ動機は事件ごとに違う。その都度必要に応じて殺しているのである。そこに横たわる思想はなく、遠大な目標もない。

まさにこの点こそが彼の研究を難しくしている要因でもある。俯瞰し、総括できるような要素に欠けるのだ。動機から凶器、殺害対象に至るまでばらばらで、括《くく》れないのである。そこからは、殺人行為を特別視せず、問題に直面した際、ほかと並べて吟味《ぎんみ》する選択肢のひとつとしか捉えない人格が浮かびあがる。しばしば殺害主義者と呼ばれるのはそのためだ。行為へ至る安易性、短絡性等々、常人ならまずその解決に殺人など考えない問題に対しても彼は殺人で解決を図《はか》った。だからこそ、それだけの人数を別個の動機で殺害することができたのだと。

一般に殺人が選択される理由は、解決策がそれしかないからだ。それは、まったくの素人から職業犯罪者に至るまで変わらない。前者は思想や常識により殺人をタブー視していることから、後者は殺人に伴う損益を知っているため、それを選ぶことに対する壁が高く、また厚い。しかし佐藤誠は、殺しに非日常を必要としない。

ここもまた彼に対する誤解が生じやすい点である。その犯罪から生まれつきの異端者と見られがちだが、少なくとも思春期を迎えるまでは、佐藤誠も一般の範疇《はんちゅう》を逸脱《いつだつ》しない人格だった。教訓的な言い方をすれば、誰もが彼のようになる可能性を持っている。そうならないのは殺人とその始末に慣れる機会がなく、彼ほどの能力もないからにすぎない。佐藤誠を特例と見なす思想は一片の真実を示しているが、それだけで頷《うなず》いてしまっては彼に付随する謎をそのまま残してしまう。

　そこで本書が取り上げるのは、佐藤誠が有罪判決を受けた事件中、最も有名なもののひとつで、当時マスコミもこぞって報道した、通称遠海《とおみ》事件である。

　その屍体の異様さによって騒がれながら、当局の捜査も虚《むな》しく迷宮入りし、のちに佐藤誠の自白により終結を得たこの事件は、その不可解さゆえに彼の性格をよく説明し、逆説的にその合理性をすら示している。事件の真実を想像しながら展開を追うことで、読者はそれと知らず彼へ抱いていた偏見、誤解と向き合えるようになるだろう。

　なお、本書の主文は前回の好評を受け、引き続き詠坂雄二《よみさかゆうじ》氏に執筆していただいた。筆者が佐藤誠との面会で得た言葉及び資料から構成した原案を元に、氏が事件を小説調に再現し、そこへ筆者が解説を加えていくという体裁《ていさい》は今回も変わっていない。佐藤誠に長く関わってきたがゆえに、ともすると彼の側に立ったものの見方をしてしまいがちな私が企画した本書に、いくらかなりと中立的な視点が保たれているとすれば、それは氏の功績である。

　ちなみに、前回の跋文《ばつぶん》で予告しておきながら本作まで間が空いてしまったのは、氏の執筆が遅れたせいではなく、遠海事件への筆者の思い入れに原因がある。

　その点をおわびし、読者諸氏の寛恕《かんじょ》を請《こ》いつつ、序文を終えることとする。

目次

第1章　景色

「雨」

天を見てそう呟《つぶや》いた水谷育《みずたにいくる》に、その腕を摑み引《つか》っ張っていく書店員は怪訝《けげん》な視線を返した。彼の右手は水谷の通学バッグを摑んでおり、その中には、ついさっき彼女が万引きしたコミックスが四冊入っている。現行犯逮捕だった。言い逃れは利かないし、そんなつもりも彼女にはない。胸には十四歳の少女に相応の薄暗い想いがあるだけだ。

怠《だる》そうに掌《てのひら》を天へ向ける彼女を、二十代の書店員は苛立《いらだ》ちも露《あら》わに怒鳴りつけた。

「わけわかんないこと言ってねーでさっさか歩け！」

ボケが！　と足された悪態を聞き流し、店舗に目を向ける。

掲《かか》げた看板に『BOOKCELL』とネオン管をのたくらせている郊外型書店だ。

その舗装もガタガタな駐車場に車は少ない。掌へ雫《しずく》を落とす空は白一色の曇天《どんてん》だった。予報で停滞した前線は今日のうちに動き出すと言っていたが、それが外れたのだろう。嫌《いや》ったらしい天気はしばらく続くに違いない。

いっそのこと土砂降りにでもなればいいのに。

そう思った途端、彼女は背中を蹴られて店舗の外壁に叩き付けられた。頬《ほほ》にぶつかるトタンと青いペンキが冷たい。

「聞いてんのか!?　あぁ？」

「……聞いてんよ」

壁から躰《からだ》を離して服を払い、貧相な眼鏡面を見つめてやると、書店員は顔を真っ赤にして彼女のバッグを放り、水谷の髪を摑んで彼女の躰をまた外壁へと押し付けた。

鼓膜《こまく》に痛いほどの怒鳴り声が続く。

「お前みたいな中坊の万引きがいちばんムカつくんだよ！」

今度は顔から壁に叩き付けられた。視界に光が弾《はじ》け、顔の真ん中に熱が萌《も》える。

「少しはすまなそうな顔をしろや。あぁ？」

水谷は黙っていた。逆上している相手に何を言っても無駄だ。

だが何も言わなくても結果は同じだった。彼女はさらに二度外壁に叩き付けられてから店舗裏へ引っ張られていった。裏口から入った詰め所は暗く、狭く、汚なかった。ロッカーが並ぶ向かいには、ぱんぱんに膨《ふく》らんだ段ボール箱が積み上げられている。

書店員は彼女を引きずるようにして進み、奥の引き戸をノックして開けた。

「すいません店長。万引き犯捕まえましたー」

「あー」

そちらの汚なさも詰め所と大差ない。元の色が知れないくらい汚れたカーペットには灰色のスチールデスクが置かれ、隅にあるステンレスシンクはくすみに覆《おお》われている。壁のポスターでは何年も前にはやったコミックのヒロインが微笑み、その上では、そうした色彩を必要とした時代を偲《しの》ばせる焦茶色《こげちゃいろ》のエアコンが唸りながら空気を冷やしていた。

万引き品をデスクに載せてもう一度水谷の背中へ蹴りをくれると、店員は出ていった。

店長と呼ばれた男はデスクに座り、彼女を見つめている。

歳は二十代後半だろう。ひょろ長い躰付きにベージュの綿パンツを穿《は》き、水色のシャツに紺《こん》のネクタイを締め、その上にデニム地のエプロンをしていた。髪には軽くブリーチがかけられ、起伏の薄い作りと細目が笑い顔の印象を作っている。黙っていれば真面目に見え、流行《はやり》を追えば軽薄に見えるだろう顔立ちだ。

彼は水谷を座らせてエリエールを差し出し、派手にやられたなあと言った。

「逃げようとしたのかい?」

彼女は答えず鼻に当てていた左手をそっと見た。真っ赤な血が掌を汚《よご》している。ティッシュを丸めて鼻に当てると、ようやく熱が痛みへと変わった。

「潮偶《ちようぐう》西中の生徒だろ」

その制服と続け、店長は首を傾《かし》げた。彼女が着ていた紺色のセーラー服にある衿章《えりしよう》を見ての発言だ。水谷が頷くと、どういうつもりなんだろうって思うよと続ける。

「制服着たまま万引きするってのは。あぁ、別に答えなくていい。独り言だから」

鼻腔《びくう》から喉まで侵す鼻血にむかつきながら、どうしてだろうと水谷は考えた。

自然に、眼はデスクへ置かれた四冊のシュリンク包装されたコミックス――ついさっき自分がレジを通さず外へ持ち出した品に向いてしまう。

欲しくなかったわけではない。だが、買う金がないわけでもなかった。

中学二年生の彼女の父は商社に勤めるサラリーマンであり、母は家事の合間に家で生け花教室を開いている才媛だ。小遣いは友人の誰より多くもらっていたし、今月も余裕はあった。なのに盗ろうと思ったのは、どうしてだろう。

盗れると思ったからか。

それがいちばん近い気がしたが、水谷は黙っていた。そんな理由じゃ納得させられないと思ったし、自分でもどこか違うと思えた。近くても違うと。万引きなんて何度もやってきたのに、彼女が理由を真剣に考えたのはこの時が初めてだった。

「血は止まったかい？　ちょっと見せてみ」

血で重たくなったティッシュをどけると、相手は顔を顰《しか》め、それから彼女の鼻を摘《つま》んで揺すった。痛いと訴《うった》えても構わず続け、軟骨は無事みたいだなと告げる。

「まあ、怪我は罰だと思うんだね。万引きに仕損《しく》ったのは初めてか？」

「……はい」

「見つかった相手が悪かったな。あいつは作家志望でね。ずっと応募してた雑誌がこないだ休刊になったんで荒れてるんだよ。根は暗くて優しい男なんだけど」

そんなことはどうでもいい。恨んでなんていない。そんなことより水谷は目の前の店長が気になってきた。万引き犯として連れてこられたのに、茶飲み友達のように扱われている。厄介事を起こしたなと怒るでもなく、尊大に諭《さと》すでもなく、ことさら気を遣う素振りもない。彼女の知っている大人たちとは違う対応だった。

不思議に思っていると、ううむと彼は腕を組み、どうするかなあと呟いた。

「それ、買えば許してくれんの？」

困った様子を察し鼻声で問うと、初めて相手は嫌そうな顔を見せた。

「そういう問題じゃないんだよ。——君、数学好きか」

「嫌い」

「まあそうだろな」

彼はデスクの棚からルーズリーフを一枚取り出し、シャーペンと一緒に水谷の前に置いた。名前と電話番号を書けと言われるかと思ったが、違った。

「加減乗除、ゆとり教育でも筆算くらいはできるだろ」

そして彼女の返答を待たずにデスクのコミックスを取り上げ、その裏表紙にある定価を指差した。本体390円+税、とある。

「本体ってのは、消費税が入ってませんってことだ。消費税を加算するといくらになる？」

意味も判らないまま、水谷は鼻にあてがったティッシュを左手で押さえてペンを取った。ルーズリーフで筆算をしてから答を言う。

「……四〇九・五円」

「それを四捨五入して、レジでの値段は四一〇円だ。ちなみに消費税は小計にかけられるから、二冊買うと八二〇円じゃなく八一九円になる。一円安くなるんだよ。十冊買うと四〇九五円。一冊ずつ買うのに比べると、五円安くなるわけだな」

大した額《がく》ではなかった。買い物の知恵とも呼べない。だが白ける間もなく、店長はここからが本題だと言う。

「消費税は国税と地方税。つまり四一〇円のうち二〇円がおかみの取りぶんだ。そして商品には仕入れ値がある。そのパーセンテージ——正味《しょうみ》って言うんだけど、コミックなら大体八がけ、八十パーセントだ。いくらになる？」

三九〇に〇・八をかけて——

「三一二円」

「それが取次《とりつぎ》——問屋さんに払うぶんだ。じゃあ書店の取りぶんは？」

「……七八円」

「つまり一冊売ってうちで出る儲けは七八円なんだよ。再販制度って言ってな、仕入れのリスクを出版社が背負う代わりに、定価より安く売っちゃいけないって決まりが本にはある。だからこの七八円はどこの本屋も一緒だ。……で、だ。お前が盗ろうとしたコミックは四冊。その仕入れ値はいくらになる？」

三一二に四をかける。一二四八円と言うと、それを七八で割ってみと言われた。

答は当然、綺麗に割り切れる。

「一六」

「……判ったか？」

問われたが判らない。水谷が不思議顔を見せるとがっくり来たらしく、彼は天を仰《あお》いでため息を零《こぼ》し、向き直りながら勢い良く言った。

「つまりお前が万引きしたぶんの損を取り戻すには、同じ値段の本を十六冊売らなきゃいけないってことなんだよ！ 一般化した言い方をするなら、一冊盗まれると四冊ぶんの利益が吹き飛ぶわけだ。もっと言えば、この四冊をお前が買ったとしても、今までに成功した万引き一冊ぶんの補塡《ほてん》にしかならないってこと！」

「……あぁ」

彼女はルーズリーフの筆算を眺《なが》めた。瞬間、数字の羅列《られつ》に血が通った気がした。

「僕はお前がどんな考えで万引きしたのか知らないし、知りたくもない。でもな、ちまちま小銭集めてなんとかやってるのが書店なんだ。盗むにしても相手を選べ」

「……ごめん、なさい」

素直な気持ちで謝《あやま》れた。泣きたかったが、それよりも恥ずかしさと自分への怒りが胸を満たしていた。店長は水谷の眼を見つめ、ふんと鼻を鳴らした。

「二度とうちじゃやるなよ。よそでもあんまやるな。もっと景気の良さそうなとこでやれ」

そしてルーズリーフを彼女に持たせると、追い払うように手を振り、行けと言う。水谷は立ち上がり、多分、生まれて初めて自主的にもう一度頭を下げた。

「すいません、でした」

「あー」

頷きに顔を上げると、エプロンに付いた名札が視界を横切った。

漢字で佐藤と印刷されている。

その時彼女は不意に、なんの根拠も脈絡もなく、ひょっとしたら私の世界を変えてくれるのはこの人なのかもしれないと予感した。実に少女的な発想だが、その真偽や是非はさておき、ともかくこれが水谷育と佐藤誠の出会いだった。

平成十八年六月五日月曜、夕方のことである。

◆

冷たい雨が降っている。

梅雨前線と入れ違いにやってきた低気圧のしわざだった。風もいくらか出てきたらしい。こんな土曜の午後七時すぎ、郊外型書店が賑《にぎ》わうわけもない。四百平方メートルの売場面積に、客はなじみの常連が二人きりだった。

高校生アルバイト、時野将自《ときのしょうじ》は、そんなわけでレジの中で暇《ひま》を持てあましていた。通常二人体制のアルバイトの片割れが急遽《きゅうきょ》出られなくなったため、暇であることはむしろ歓迎なのだけれど、入荷の少ない土曜は仕事自体が少ない。やることがないというのも時間の経過が遅くて困るのである。

普段は事務所に引っ込んでいる店長も今日は売場へ出てきていたが、時野にレジを任せたきり、バインダを手に文芸書と新書のあたりで棚と睨《にら》めっこしているばかり。

退屈だあと呟いても時計の針は早くならない。

蛍光灯を眺めながら、やっぱりバイトはコンビニを選べば良かったかと思う。単位面積当たりの照明もコンビニのほうが明るい。いや、あっちはあっちで面倒があるか――

本屋を選んだ理由が自分のミステリ趣味にあったことを彼が思い出した時、入口ドアの開く気配がした。反射的にいらっしゃいませと言いながら振り向く。

入ってきたのは客ではなく、見知った顔の少女だった。

時野はなるべく親しげに声をかけた。

「やあ」

「……店長は?」

奥の棚を指差すと、少女はそちらに駆けていった。百五十センチくらいの背にショートヘアが目立つほかは特徴もなく、愛想もなく、何を考えているのかも判らない。青いズボンにベージュのシャツという取り合わせも地味だ。

確か、水谷とかいう名字だったっけ。

今月の頭に万引きで捕まったことがきっかけで本屋に来るようになったというエピソードも特別な人格を示すようで、時野はついそこに物語を期待してしまう。少女と佐藤が話している――というより、少女が一方的に話しかけている様子をぼんやり眺めながら空想を巡らせていると、レジに品物が載せられた。

「いらっしゃいませー」

「それと、注文した本が届いたって連絡があったんですが――」

接客を終えた途端、別の支店からの在庫問い合わせの電話が鳴り、応じて外商登録を済ませると、今度は文庫十冊全部にカバーを付けてくれという客が現れた。

突発的な流れがすぎてふと顔を上げると、店内から少女の姿は消えていた。

佐藤もレジに戻り、ネットで何かを検索している。時野は尋《たず》ねた。

「店長、なんか仕事ないすか。それはもう暇を持てあましてるもんで」

「元気だなあ。今時そんな調子だと学校で浮かないか？」

「よく部活の先輩に叱《しか》られてるすよ」

あははと恥《はじ》を笑いで散らし、そっと時野は尋ねた。

「ひょっとして、先月の店長会でなんか言われたんすか」

「……どうしてだい」

「棚を変えようとしてるみたいすから。それに最近、撤退が続いてるでしょう」

「まあ、在庫を減らしつつ売上を伸ばせとは言われたな」

「矛盾すね」

「そのためにPOSってものがあんだけどなあ」

「役に立ってるんすかこれ」

時野はレジを眺めた。そこにあるのは売上をオンラインで管理して的確な配本を叶《かな》えるシステムのはずだが、彼がバイトのある日にいちばん口にする言葉は、いらっしゃいませとありがとうございましたを除けば、品切れですすいませんなのだ。

「本は生活必需品じゃないからコンビニみたいにはいかないよ。うちくらいだと仕入れは人脈だからさ。取次の担当に出すお茶にお金をかけたほうが結果に繫がるかもなあ」

本音か皮肉か判らない喋《しゃべ》りに時野が頷くと、まあでもさと店長は続けた。

「議論は白熱したよ。社長はイケイケだけど蛎塚《かきづか》専務は慎重路線だし。ここでどかんと新しいことに手を出すか、それともあくまで堅実に行くか――」

「店長は専務寄りですよね」

「恩師だからね。ただ、社長の言うことにも一理ある。会社の財政は――まあいいわけないんだが、今ならまだ新しいことを試せるんだよ。資金繰りのあてもあり、取次の協力も得られる。このままあと一年もすれば、それもきっとなくなっちゃう。逆に言えば、今のまま前年比割れを続けててもしばらくは保《も》つってことなんだが」

「そのうち景気が良くなる確証はないっすよね」

「世の景気は書店に関係ないってのが社長の意見だ。書店が苦しいのは景気じゃなく時代のせいだと。景気は揺り戻しがいつか来るけど、時代はあとへは戻らないからねえ」

「だから冒険に出て、ぱっと散ってしまえと？」

「散ること前提で話はしてなかったけど、まあそういうことだね。とりあえず今月で壬国《みくに》店と干宿《ほしやど》店を閉めるから、社の方針決定はそのあとってことになったけど」

「ここは大丈夫なんすか」

「東遠海店は前年比がいちばん良いし、歴史も本部の次に長い。社が潰れるまで健在さ」

「それ聞いて安心しました」

それよりもと佐藤は続けた。絞《しぼ》られたのは求人広告を出すことについてさ。

「やっぱ募集かけるんすか」

「あいつが明日も来ないなら、アイデムに電話するつもりだけど」

来ると思うかと問われ、時野は判らないすと答えた。そうして今日も休んだ年上のバイト仲間を思う。タイムカードを押した時に携帯が鳴り、休むと言ってきたのだ。

「休む理由、なんて言ってた？」

「人生に笑われたからとか」

仕方ないなと苦笑する佐藤に、声を潜《ひそ》めて時野は尋ねた。

「さっきの女の子。水谷って言いましたっけ。彼女を殴ったってマジすか」

「殴ったっていうか、壁に叩き付けたみたいだね。血の跡が残ってたよ。外へ出てアラームが鳴ったのを捕まえて、僕のとこに連れてきた時には鼻血だらだら流してたんだ」

「それは、抵抗したとか逃げようとしたとか」

「さあ。訊いてないから判らない。——気になるかい」

「ていうか、あの人がブルゥになってんのってそれからなんすよ。万引き犯捕まえるのって嫌な気分ですけど。女の子を殴るってのも結構来るっすよね。あとで思い返して自己嫌悪に陥《おちい》ってんのかもなあって」

「あいつはあれで感受性豊かだからなあ」

「小説家志望すから」

「あいつが書いてんのはジャンル小説だぞ。勢いと屍体数で評価が決まる代物に、神経の細さが要るとも思えないけどね」

「だから、なれてないのかもしれないすよ。……ちょい疑問なんすけど。どうしてそんな目に遭《あ》った子が顔見せてるんすか」

「僕にも判らない。変に懐《なつ》かれてんだよ」

「万引き捕まえた時、奥で何かしたとか？」

「ちょっと説教したんだよなあ。あ、それとも時野君が期待してるのはもっとこう――コアマガジン的なことか？　あいにくとなかったよ」

「考えなさすぎすよそれ。でも説教って、店長には似合わないんすけど。万引き犯を捕まえた時はすぐ通報しろっていつも言ってるじゃないすか」

「鼻血まみれの女子中学生を警察へ突き出せるか？　身内をかばったつもりなんだが」

「伝わってないっすよ」

「だろうね」

期待してないけどと言いながら佐藤は有線のボリュームを下げた。

際立《きわだ》った雨音を背景に、それでと時野は問いを繋げる。今日は彼女、なんの用だったんすか。進路相談。はあ？　僕もそう言って追っ払いたかったよ。

「でも偉そうに説教なんてした手前、相談されたら仕方ないじゃないか」

「そこで仕方ないって言えるのが凄《すご》いす」

「彼女、パッとしない外見だろ。これが愛想のいい美少女とかだったら、誤解を招きそうで迷いなく追い払えるんだけどね。で、話を聞いたらまだ中学二年生だって言うんだ。中二の六月だぞ。将来なんて考えるのは早いって言ってやったよ」

「普通のアドバイスすね」

「僕は去年ようやく正社員になれたんだ。そもそもの相談相手が間違ってる」

「進路相談は言い訳で、話したいだけだったのかもしれないすよ」

そうか、と神妙な顔で佐藤は頷いた。

「どうしてもそっち方面に話を持ってきたいんだな」

「そういうわけじゃないすけど、雨の中、七時すぎに中学生が書店へわざわざ進路相談に来るなんて話は信じられないす」

「今時の子ならそういうのはもっと巧《うま》くやるだろ」

「不器用に見えますけどね」

「器用なほうじゃないな。防犯タグも抜かずに万引きしようとするくらいだから」

そう言う店長の姿も、どこかしら時野の眼には不器用と映る。

「ちなみに、彼女の下の名前ってなんて言うんすか」

「育てると書いて、いくるだそうだ。水谷育。ちょっと珍しい名前だよな」

「そうすか？　割にあると思いますけど」

「これだから平成生まれは」

「店長の名前がありふれすぎって意見もあるすよ」

「これでも気にしてるんだ。あんまり言わないでくれ」

◆

白木屋《しらきや》から出ると雨が上がっていた。

幸先がいいと新村光次《にいむらみつじ》は酔った頭で考えた。実際にいいことは何もなかった。彼が店長を務めていたブックセル壬国店はその日をもって閉店作業を完了させ、彼は晴れて無役となったのである。辞令では東遠海店への配属が決まっていたが、それにしたってバイトの穴埋めに近い。彼は腐っていた。

いや、店を潰して責められるのは仕方ない。原因は新村の実力不足にある。立地の悪さもあったが、どうにかしようとしてどうにもできなかったという想いも強い。そうした自覚も酒を進ませたが、何より気に入らなかったのは次の仕事場である東遠海店の店長だ。

どうしてあいつの下に付かなきゃいけないんだよ。

込み上げる胃液を唾《つば》と一緒に薄暗がりへ吐き捨てると、当の本人の声が後ろから聞こえてきた。酔ってんなあ新村。大丈夫かよと。

財布をしまいながら歩み寄る佐藤は、彼の気も知らず笑っている。

「いくらなんでも飲みすぎだぞ」

「お前のせいだろがよー」

処置なしという顔で佐藤は彼の肩を取った。足腰がふらつく様を見かねたのだろう。だが新村ははねのけ、ばかやろと言い返す。ひとりで歩けるっつうの。

「ったくよー」

二人は同い年だった。役も昨日までは並んでいた。だが明日から新村は佐藤の下に付くことになる。そのせいで腐っていたというわけでは、実はない。そんなことを言い出せば、そもそも同役というのが彼には気に入らなかった。

新村はエスカレータで上がった私大の文学部を一回の留年で卒業、ブックセルに入社し、今年で三年目である。一方、佐藤はアルバイトで入社して今年で二年目だ。それまではさまざまなバイトを転々としていたらしい。大学も出ていないという。役が同じでは納得がいかない。その役も今日から差ができてしまったのだが、ともかくそんな不満は今に始まったことではないのだ。

辞令の下った店長会がおひらきになり、ふてくされて直帰しようとしていたところ、佐藤のほうから奢《おご》るから飲もうと誘ってきたのだ。応じて痛飲する彼に、けれども佐藤は仕事の話をしたりはしなかった。そうした気遣いが新村を腐らせていたのだ。どうしてこいつはこう、当然って感じに他人に気が回せるのかと。

劣等感を軸《じく》に、ライバル視している相手から友人として扱われていることへの空回りもある。複雑というより単に面倒な苦みが胸に凝《こご》っていた。

ネオンに暈《ぼ》かされた街を数歩歩き、新村は振り向いて尋ねた。いくらだった？　八千二百円。半分払う。奢りだって言ったろう。いや、プライドが許さん。

「そんなの犬に食べさせちゃえよ」

「犬は嫌いだ」

新村は懐《ふところ》から取り出した財布を開き、中を覗《のぞ》いて、空を仰いだ。繁華街の明かりで星は見えない。見えないものはそれだけではなかった。

「四千円、貸しとけ」

無理するなと佐藤は応え、天を見た拍子にふらつく新村の腕を取り、肩へ回した。今度ははねのける元気もなかった。そうする代わりに叫んだ。

「同情かあ！」

「……相談事があったのさ」

そんなのは飲む前か飲みながらにしろという台詞《せりふ》が浮かんだが、神妙な声の響きが新村を思い留まらせた。いくらか残っていた理性が起き出してくる。

「なんだよ相談事て」

「実際問題な。うち、いつまで保つと思う？」

「東遠海なら会社が潰れるまで――」

「支店じゃない。会社のことだよ」

新村は唾を飲んだ。どう返そうか考えたが、答が見つかるより先に佐藤が続けた。

「長くは保たない。判ってるだろ」

判っていたのだろうか？　形だけ問い、頷く。そう。判っていたのだ。店舗閉鎖に伴う苛立ちも怒りも、元を辿《たど》ればそこに行き着くのかもしれなかった。そんなふうに自分の外へ原因を求めるのはプライドが許さず、考えるのを避けていただけで。

ブックセルはじきに潰れる。

業界に明るい展望はなく、特に中小規模の店舗を展開しているところには逆風が吹いている。よりまずいのは、誰もがその逆風に慣れていることだ。経費削減の名のもとに行われるリストラは日常となり、売場も年々荒廃してゆく一方。新村はそれをこの三年のあいだ目の当たりにしてきたし、それは佐藤も同じだったろう。どうにかしたいという気持ちはあるが、実際にどうしたらいいのかは判らない。判らない自分に失望し、それがまたやる気を削《そ》ぐという悪循環に嵌《はま》っていたのだ。

こうした状況に対し、景気の良かった時代を覚えている古参社員の意見は、とにかく耐えること。これのみである。景気の良かった時代に展開した別事業の失敗が記憶にあるせいだろう。だが新村はまだ入社三年目だ。景気の悪い時代しか知らず、それだけに耐乏と無為の区別が付かない。見通しが暗いなら可能性を追うしかないと思っている。

もちろん店長会でそうした意見を通す発言力はなく、また成功の可能性がある冒険案もなかったのだが――

「どうにかするあてがあるのか」

「いやない。でも番犬にも仕《つか》える相手を選ぶ権利はある。どっちが正しいと思う?」

「社長と蛎塚専務か?」

即答できるはずの問いだった。冒険派と慎重派に分かれている現在のブックセルで彼が支持しているのは、冒険を叫ぶ社長である。

なのに即答しなかったのは、同僚の狙いが読めなかったからだ。

佐藤には蛎塚専務に拾われて入社した経緯があり、そのため専務寄りだと思われている。普通なら慎重派と見るべきだろう。だが――

新村は同僚の横顔を眺めた。

印象が薄く、ありきたりな人材に見えるが、その実は違う。入社二年目で伝統ある東遠海店を任されたのには理由があるのだ。とはいえ、人の倍働くわけでもなければ、人脈を広げることに腐心したり、理想を叫んだりすることもない。商品知識が頭抜《ずぬ》けていたり、企画力に秀《ひい》でているわけでもない。佐藤は決してスペシャリストではなく、総合力で若手のエースというわけでもない。

だが決して止まらず、また引かない。どんな時も継続して動いている。

逆境に強いとでも言うのだろう。埋もれがちな特質だが、暴風の中で飛ばされず足踏みができるというのは、それはそれで凄いことだ。どうしてそんなことができるのか。新村には判らなかった。強《し》いて言えば人より半歩深く踏み込むからかもしれない。これといったエピソードもないが、出版社の営業と妙に打ち解けていたり、ほかでは品切れている商品が東遠海店にならあるといったことが重なった時にそう感じるのだ。

あるいは隙《すき》を衝《つ》くのが巧いというほうが正しいのかもしれなかった。油断ならないと考える相手に、けれど新村は今、肩を借りてしまっている。そうしたことを自然とできるところが佐藤にはあるのだ。

答えあぐねていると、独り言のように同僚は言う。

「どっちが正しいってことじゃないんだ。どうせそんなのは選ぶまで判らない。もっと言えば、選んだほうを正しくすればいいだけの話だろ」

「……自信満々だな」

「運命論は嫌いなんだよ。でもさ、社内が割れてることだけは、あとで正しかったことにできないじゃないか。まとまれば無駄も省《はぶ》けるし」

新村、お前が今黙ってるような無駄がだよと佐藤は言い足して彼の応答を待った。

「お前ならまとめられるって言うのか」

「そんなことは言ってない。ていうか無理だろ。なんだかんだ言って社長と専務は戦友だから。どっちかがブックセルを出ることはないだろうし。現実的なのは、まあ、どっちかに折れてもらうことだろうな」

「説得してか？　誰が」

「誰かが」

「わかんねえな。何が言いたいんだよ」

「言いたいというか、訊きたいだけさ。新村、お前はどっちが正しいと思う？」

「なんでそんなこと俺に訊くんだよ」

ふいと佐藤は微笑んだ――ように見えた。

「新村なら判ると思ったんだよ。どっちが正しいか」

「は？」

「自分じゃ気付かないものなのかなあ」

何がと問うと、バランスさと返された。バランス？

「棚づくりとか見てたら判る。分野担当のころから思ってたけど、壬国店に行くたび、こう、バランスがいいなって思ってたんだ。うちだけじゃなく、よその書店、どんな大型書店だって、重心がどこかにあるものだろ。それが自然だし、そうでなくちゃいけないっていう考え方も主流だ。けれど僕は必ずしもそうじゃないと思う。新村の店みたいなバランスの良さはありだと思うよ」

「売上が悪くて棚が崩《くず》れないってだけだ」

「それでも在庫を腐らせてるのをバランスがいいとは言わないよ。こう、なんだろ。喩《たと》えがあれだけど、図書館みたいな空気があるよな。客層もいいし」

「金を落とさないやつばっかだったけどな」

「歴史を辿ればそういうのが書店のルーツなわけだろ。出版は文化だっていう。――バランスがいいっていうのは、それだけ物差しがしっかりしてるからさ。僕なんかに見えないことが新村には見えてるんじゃないかって思ったんだけどな」

「買い被りすぎだ」

「それでもいい。どっちが合ってると思う?」

今度は迷わなかった。

「社長だ」

「やっぱりそうか」

佐藤は頷き、その話題についてはそれきりになった。

新村はいくぶん楽な気持ちで帰路に就《つ》き、翌朝、二日酔いの頭で、ひょっとしたらすべて気遣いだったんじゃないかと勘繰ったが、まあいいさと呟き、すぐに忘れてしまった。

自分の言葉がもたらした結果を思いもせず。

佐藤誠はのちに、この時初めて恩師――蛎塚諒一《りょういち》殺害を考えたのだと供述している。

コラム①　佐藤誠　その名と身分の透明性

高校卒業より二十九歳で逮捕されるまでのほとんどを佐藤誠はフリーターとして過ごしている。唯一の例外が、二十五歳から二十八歳にかけての約三年間続いた書店員時代だった。正社員扱いである上、雇われとは言え店長を務めていたことから、彼の人生で収入的に最も安定していた時代だと言えるだろう。

関係者の話では、勤務態度は良好で、アルバイトからの信頼も篤《あつ》く、店長として有能だったと、評判はすこぶるいい。だが当時は携帯電話とインターネットの普及が原因とされる本離れから中小書店が次々潰れていった時代であり、彼が店長を務めていたブックセルにもその波は押し寄せていた。一時期は県下に十店舗を展開していたブックセルも事件の二年後に倒産し、それに伴って佐藤誠の幸せな書店員時代も終わりを告げることになる。余談ながら、事件の背景はそのようなものだ。

遠海事件時、佐藤誠は二十六歳。すでに七十人以上を殺していたものの、疑われることは一度としてなかった。

その理由を彼は、大勢に埋もれるのが得意だったからだろうとのちに語っている。昔からそうで、ひょっとしたら自分の名前が絡《から》んでいるのかもしれないと。

佐藤誠。

日本で最も多い名字である佐藤に誠という名の組み合わせは印象が薄く、聞く者の耳にも残りにくい。統計を繙《ひもと》いてみれば、彼が生まれた昭和五十四年の命名ランキングにおいて、誠は堂々の第二位である。

それゆえに、彼が警察の注目を免《まぬが》れた理由として氏名の匿名性《とくめいせい》を挙げる研究者は少なくない。彼の殺しはその大半が自白でしか確認されていない完全犯罪だが、犯罪性が認められて捜査本部が設置されたものもわずかにある。いくつかの事件に関係者として名が挙がりながら見過ごされたのには、捜査員同士の連携が甘かったことと、彼の演技力の高さに加え、ありふれたその氏名があるというのだ。

捜査員が複数の事件の捜査資料を見比べて、そこに佐藤誠という名前を見つけても、同姓同名の別人と判断してしまうことがあったのではないか、というわけである。フリーターという不安定な身分と引っ越し癖《ぐせ》のため、資料としてまとめられるたび違った住所と職業が記録されてしまう事情もそうした傾向を助長したかもしれないと。

やや物語じみた説明だが、彼の埋没性を示すエピソードとしては判りやすい。

あるいは、と社会学者であれば、その当時問題になり始めた、ワーキングプアと呼ばれる低額所得者層の属性へと言及するかもしれない。

一時期の佐藤誠もそうだったが、若いフリーターの中には、家を持たず、派遣会社に登録し、携帯メールで仕事を得て生計を立てる者が少なくない。彼らは銀行に口座を持ち、当然、所得に応じた税金も払っている。

そうした意味で社会に繋がった存在ではあるものの、集団を作ることはなくそれぞれ孤立し、主義主張も将来の展望も持たず、学歴も職歴も住所も年齢も軽んじがちで、氏名さえ嘘で固めて良しとしている場合が少なくない。そのため彼らが自《みずか》らを偽《いつわ》っている場合、その人生の追跡や同定は困難を極める。

自白があるにもかかわらず佐藤誠の殺しの大半を検察が起訴できなかったのは、遡《さかのぼ》っての調査が難しい世界に彼がいたためでもあるだろう。

本書を企画するにあたり、筆者は改めて当時の関係者を探してみたが、連絡が取れたのは一握りだった。十二年という月日が経ち、行方不明になっていることが判明するのはまだいいほうで、すでに他界してしまった方も何人かいる。

彼が当時勤めていた東遠海店舗も所有者が二転三転したのち、現在ではリサイクルショップとなり、周囲の景色も当時とは一変してしまっていた。

それゆえ本書には、前回同様、佐藤誠の証言から組み立てた場面が多く、また共同執筆者の想像力に補《おぎな》ってもらった場面も少なくない。

それでもなお、ほかの類書より本書が事件をよく捉えているとの自負はある。読者におかれては無用な懐疑主義は不要であると、ここで断言しておこう。

第2章　切断

平成十八年六月二十八日水曜。

正社員月休六日制というブックセルでは、曜日ごとの休みなど取れるわけはない。シフトの絡みで休日となったその日の夕方、怪しげな色を見せていた曇天が破裂したような雨を降らせたのは、佐藤誠が地元駅前の駐輪場に自転車を停めた時だった。

予報にあった雷はないが、視界を遮《さえぎ》るほどの豪雨だ。

彼は駅前ロータリーを駆けて駅舎へと飛び込み、改札を抜けた。

しばらくして来た鈍行に乗り、三駅上りの遠海駅で降りると、構内で売っていたビニール傘を買って差し、駅前繁華街を歩き出した。雨の勢いはいくらか弱まっていたが、それでも街のざわめきをかき消すほどに降り続けている。

雨具のないひとびとが走り回る街中を歩き、佐藤はそのマンションへ辿り着いた。

表の看板にはパレス遠海と表示がある。

玄関ホールには誰もおらず、そこから先へ進むドアはロックされていたが、彼は以前にそこを開ける暗証番号を聞いていた。半年も前のことだが、変わっていないかもしれない。駄目もとで入力すると、ロックはあっさり解除された。ドアを潜《くぐ》り、天井にある防犯カメラを眺めながらエレベータのボタンを押す。

目指す先は会社の重役で、彼にとっては恩師でもある蛎塚諒一の住居だった。

彼は改めて自分の姿を眺めた。紺のズボンに青のカラーシャツ、ネクタイはしていない。手ぶらだが、ズボンの裾《すそ》に隠したナイフは研《と》いであり、刀に匹敵する切れ味を保っている。ある意味でそれこそが恩師への手土産になるものだった。

エレベータが到着した。

◆

パトカーからひとっ走りして飛び込んだマンション入口で水滴を払いつつ、阿比留《あびる》は夕方から降り出した雨に舌打ちを聞かせた。彼は雨が嫌いだった。雨は証拠を洗い流し、目撃者を減らし、手がかりに無数の嘘をばらまいてしまう。

阿比留は県警捜査一課に所属する刑事だ。四十代半《なか》ば、厚みのある躰に猛禽類《もうきんるい》とも瓦礫《がれき》とも形容される顔付き、担《かつ》いだ上着が堅気離れした絵面を作っている。上着が上等なものであればヤクザにしか見えなかったろう。

　雨だけではなく、飛び込んだマンションの外装も彼は気に入らなかった。パレス遠海と表示のあるその赤茶けた外壁は、それだけ見れば味のある色彩なのかもしれないが、街の中では無個性なビルにすぎない。そのくせ、街を単色に染め上げて時代を作るのはいつもこの手の無味乾燥な代物なのだ。

　舌打ちとあくびをいっぺんに嚙むと、寝てないんですかと背後から松代《まつしろ》の問いが飛んできた。こちらはまだ二十代、優《やさ》い顔付きの刑事だ。

「寝てるさ。昨夜は四時間も眠った」

「殺しなんですかね」

「ほかはねぇよ」

でなければ警官の現着から十分で県警刑事の出張《でば》りが決定されるわけはない。

しかも連絡は遠海署経由だ。県下有数の繁華街を管内へ抱え、それなりに鼻息荒い人材が揃っている所轄の普段を思えば、それは屍体をあっさり県警へ丸投げしたに等しい行為だった。よほど面倒な事件なのだと見当は付く。

　エレベータで八階へ向かい、入口に陣取る制服警官に手を挙げて八〇二号室に入った。そこにいた所轄刑事と短い挨拶《あいさつ》を交わし、鑑識が作業している現場を一渡り眺める。

部屋の間取りは三LDK、そのリビングが現場だった。フローリングには絨毯《じゅうたん》が敷かれており、ソファがあった。その上には生活臭豊かな洗濯物が畳《たた》まれている。ソファの向かいにはオーディオのセットが置かれ、液晶テレビは部屋の隅に追いやられていた。撮影の都合か、ソファに座る屍体はシートで隠されていない。躰付きは中肉中背、焦茶のズボンを穿き、灰色のオープンシャツを着ていた。肌の具合から若くはない。自分より上かと阿比留は見当付ける。曖昧《あいまい》な予想にはわけがあった。年齢を測るのに最もあてになる顔が屍体になかったのだ。

頭部そのものが欠けていたのである。

それがあるべき空間には何もなく、頸部ですっぱり截《たちき》られた断面が肉と脂肪と骨を覗かせている。衣服とソファ、床へも大量の血痕が散っていた。周囲ではカメラのシャッター音が響き、それに混じって松代の舌打ちが聞こえた。

それでと阿比留は所轄刑事へ振り向いた。

「頭は見つかってんのか」

「こっちです」

頭部はキッチンのシンクの中に転がっていた。

鑑識に確認すると、もう手を触れていいと言う。阿比留は頭部を持ち上げてみた。瞼《まぶた》は閉じている。ふっくらとした顔立ちは屍体現象かもしれない。髪は銀髪に近いが、肌には張りがあった。五十歳前後というところか。切断面は綺麗で、よく切れる刃物の仕事だと思われた。電気工具や鉄鋸ではない。

阿比留は頭部を持ったままソファの胴体へ近付き、その断面を見比べた。見咎《みとが》め、くっつけないで下さいよと言う鑑識に手を振り、そっと頭部を胴体へ近付ける。首の太さは同じ、刃を刺し入れる時にできただろう皮膚の引きつりも一致していた。

別人の首などではない。

阿比留は頭部をシンクに戻し、所轄刑事へ尋ねた。

「仏の身元は？　ここの住人なのか」

「ええ。ひとり暮らしで、名前は蛎塚諒一——書店に勤務していたそうです。見つけたのは被害者の部下で、佐藤誠と名乗っていますが、取り乱していて」

「話すのは無理そうか」

「そろそろできるかもしれません」

発見者が一階玄関の隣《となり》に別建ての管理小屋にいることを聞き出し、阿比留はほかの部屋とユニットバスを覗き、綺麗なのを確認してから八〇二号室を出た。

エレベータに乗ったところで、むかつきますよと松代が言う。

「頭のおかしいやつのしわざですかね」

「どうかな。切り口は手慣れた感じだが」

一階に到着した阿比留と松代は雨中を駆け、管理小屋へ制服警官の敬礼を躱《かわ》して飛び込んだ。硝子《ガラス》戸からマンション入口が監視できる位置にある管理小屋は二部屋からなり、手前の部屋には何もなかった。奥の部屋にもものは少なかったが、辛うじて防犯カメラの映像を映すモニターと、それを録画しているらしい機材があった。

その窓際に、頭からタオルを被り俯《うつむ》く男が座っていた。阿比留と松代が入っていくと、彼は虚《うつ》ろな視線を向けてきて、口を開けようとし、咳《せ》き込んだ。

阿比留は素早く言った。

「佐藤さんですね。県警の阿比留です。このたびはとんだことで。お疲れのところすいませんが、何点か確認させて下さい」

佐藤は力なく腕を挙げ、ごしごしと頭をこすったタオルを首にかけ直した。そうして露わになった顔を見て、阿比留はふと違和を感じた。

相手は瞳《ひとみ》に怒りを浮かべていた。

他殺屍体の発見者は、呆然とするか哀しみに嘆《なげ》くか動揺するのが普通だ。反応として怒りは稀《まれ》である。そうしたものは普通、日が経って気持ちが一段落してから湧《わ》き上がってくるものだ。引っかかりながら阿比留は尋ねた。

「被害者とは面識が？」

「蛎塚専務は、上司です」

「なるほど。今日はどうしてこちらに？」

「ちょっと仕事の件で、相談事があったもので」

「何時ごろに来たかは――」

「七時前くらい、かな。遠海駅に電車が着いたのが、確か六時四十二分でしたから」

「そのころは雨がひどかったでしょう。ここまでは歩きですか」

「ええ」

「玄関ホールから先は施錠されていますよね。どうやってそこから先へ進んだんですか」

「前に解除の番号聞いてて。それで」

「なるほど。八〇二号室へはエレベータで？」

はいと応える佐藤の眼に、そこでようやく不安が浮かんだ。

「……そういうことが大事なんですか」

「調書はなるべく正確に作らなければならないので」

慇懃《いんぎん》に言うと、相手の顔に若者にふさわしい反感が浮かんだ。そんなもんですかと冷えた声が返り、そんなものなんですよと阿比留は頷いた。

「八〇二号室のドアは開いてたんですか？」

「インターホンを押しても返答がないので、留守かなとも思ったんですが、ドアの脇にある小さな窓に明かりが見えたんで、ノブを捻ってみたら」

「開いていたと」

「はい。それで中に入ったら、あんなことに」

なっていてと阿比留を直視しながら言い、佐藤は細かく躰を震わせた。

その瞳から一筋、涙が頬を伝わった。作為のない仕草に見えたが、阿比留は以前、実の娘を絞め殺して屍体を他人の庭へ放り込み、あげくにその家へ怒鳴り込んだ母親を逮捕したことがあった。その母親は泣き叫びながら相手を犯人扱いし、包丁まで振り回したのだ。罪を逃れようとする者の演技力を甘く見る気はなかった。

「見つけた時、蛎塚さんの躰はどこに？」

「ソファに座っていました。それで頭が――流しにあって」

それからどうしましたと問うと、下へ降りたと思いますと佐藤は答えた。部屋ですぐ通報はせずに？　はい。しませんでした。なぜ？　判りません。

「……思い浮かばなかったんです」

「110番通報はそのあと、八時前になっていますが、これは正しいですか」

「覚えていません。記録がそうなら、きっとそうなんでしょう」

「七時ごろに見つけたのなら、通報まで一時間あります。そのあいだどこにいたんです」

辛そうな顔を見せ、佐藤は額《ひたい》を掌の付け根で叩いた。それから処置なしというように首を振り、判りませんとようやく言った。

「そこらを歩いてたんだと思います」

「雨が降っていたのに？」

「はい。そう。——おかしい、ですね」

再び佐藤は俯き、頭を抱えた。阿比留は質問を変えることにした。

「蛎塚さんはひとり暮らしだったようですね」

「家族の話を聞いたことはありません。よくは知りませんけど」

「誰かに恨まれていたということはありませんか」

「どうだろ。……プライベートじゃ、そんなに付き合いがなくて」

「仕事上での敵はありましたか」

「恨まれるほどの勢いはうちの会社にはありません」

「会社の中での対立などは？」

「対立というか、意見の食い違いは社長と専務とでありました。でもそれは、そんなに根が深いものじゃないです。あんなことに繋がるようなものじゃ、全然」

仕事上での意見対立は頸部切断の動機にはならないかもしれない。しかしそもそも首を切断することへきちんと繋がる動機など、阿比留には考えつかなかった。

狂気での説明を避ければ、バラバラ屍体の作りかけという考え方があるだろうか。

屍体を分解する場合、大方は首から切っていく。屍体から人間性を奪うのに最も有効な手が頭部の切り離しだからだ。首を遠ざけ、改めて胴体の解体に取りかかることで、少しでも精神の負担を軽くしようとするのだ。だからまず首を切った。そのあとでほかの部位へ取りかかるつもりだったのだが、時間がなかったか、やはり心が保たず諦《あきら》めてしまったというあたりが、説明として判りやすい。

だが――。阿比留は首の切り口を思い出す。

あの手慣れた仕事振りから、心が保たなかったという理屈は導《みちび》きにくい。けれど時間がなかったというのもどうだろう。時間があると思ったから切り始めたのだろう。それを中断したのなら、理由は何か。一体何に邪魔されたのか。

判りましたと阿比留は頷いた。

「もし何か思い出したことがあれば、遠海署のほうへ連絡を」

発見者は頷き、立ち上がって一礼すると、静かに管理小屋を出ていった。

その背を見送り、どう思うと松代へ尋ねた。

「シロじゃありませんか。説明が雑すぎますから」

「通報を一時間遅らせたことはどう説明する」

「前に二日遅らせた発見者がいたじゃありませんか。それに、そのあいだどこにいたか覚えてないなんて、犯人《ホシ》なら絶対に言わないと思いますが」

「まあそうだな」

マンションの入口にいた警官からマンション管理人の居場所を聞き出した時、松代の携帯が鳴った。離れて通話に出る松代を待たず、阿比留は管理人が住んでいるというマンション一階の部屋へ向かった。

管理人は六十代の老夫婦で、身分証を提示する間もなく中へ通された。

二人は人畜無害という風体《ふうてい》で、お茶を出した女房が引っ込むと、管理人は急いで自分たちも被害者なのだということをアピールし始めた。

「とんでもない話ですよ。殺しだなんてね。部屋の値が下がるなんて悩むのはオーナーの仕事ですけれども、あんなむごいことを部屋でやられちゃあ――」

ねえ？　と媚《こ》びるような笑いがその顔に浮いた。

管理小屋に生活臭がなかったことを思い出しつつ阿比留は尋ねた。

「あそこはいつも無人なんですか」

「そのう、わたしも最近は脚が動かなくって、うちのも持病があって――」

「いなかったんですね」

「だって、防犯カメラがありますからね。あれが見てれば」

「ここからモニターできるんですか」

管理人はややむきになり、できませんよと言った。

「でも、カメラがあったら普通は入ろうとは思わないでしょ」

「普通の人間ばかりなら警察は要りませんな」

「そりゃ仰《おつしや》るとおりですが――」

「録画はしていたんでしょう」

「テープは提出しましたよ」

「蛎塚さんはどんな方でした」

「……真面目な方でしたけどね。ゴミ出しもちゃんとしてましたし、会えば挨拶は欠かしませんでしたから。どうして独り身なのかって、よくうちのと話してたくらいで」

「最近、おかしなことは？」

「特にありませんなあ」

見ざる聞かざる言わざるが災難に遭わない術《すべ》と心得ているのだろう。管理という行為からはかけ離れた思想だ。

諦めて阿比留が腰を上げた時、管理人はもう一度愛想を浮かべた。

「管理会社のほうには穏便に説明してもらえませんでしょうか」

「……捜査への協力次第でしょうな」

部屋を出て数歩歩いた時、阿比留は刑事さんと呼びかけられた。

振り返ると、管理人が近寄ってきて封筒を差し出し、お忘れですよと言う。相手が消えてから中を覗くと万札が二枚入っていた。まあ奮発したほうだろう。実に素直な気持ちでそれを懐にしまった時、正面から松代が駆けてきた。

「ここにいましたか」

「管理人は何も見てないそうだ。防犯カメラのビデオは確保してあるらしいな」

「これでしょう」

松代は手に提げた紙袋を開けて見せた。中にVHSのテープが数本入っている。

「それよりさっきの電話。遠海署の署長からでした。また屍体が出たそうです。そっちも任せられないかと」

「どういう了見だ。そんなに遠海署は人手不足なのか」

「それが、本件と関連している可能性があるそうで」

「被害者と繋がりが？」

「それはまだ。現場はここから五百メートルくらいしか離れていないらしいんですが」

「それだけで関連付けたわけじゃねえだろう」

「首が切断されているそうです」

◆

午後十時すぎ、雨が上がり、てらてらと光るアスファルトを踏みつけてパトカーが遠海駅裏手に広がる住宅地へ到着した時、そのモルタル二階建てのアパートは野次馬たちに覆われていた。それらをクラクションで蹴散らして入口へ乗り付けると、阿比留は外に出て大きく伸びをしてみせた。すかさず松代が咎めた。

「人目がありますよ」

無視して制服警官に手を挙げ、張られたロープを跨《また》ぎ、外付けの階段を上がっていく。高級マンションを謳《うた》っていただろうパレス遠海と異なり、築二十年は経過している建物で、べルウッド紫浦《しうら》という表示が表にあった。パレス遠海からは大通りを二本と線路を隔《へだ》てているが、徒歩でも十五分程度で着く距離だ。

アパートの中央を貫いて延びる二階通路の中途、蛍光灯が切れかけていて薄暗い一帯がブルーシートのカーテンで区切られていた。投光器に照らされた中を鑑識が動き回っている。

阿比留はしゃがみ、通路を覆うシートをめくった。

廃油で汚れた毛だらけのボールのようなものがそこにあった。

ゆっくり回り込んでいくと、髪の毛のあいだから小さな顔が窺えた。小学生、それも低学年だろう。虚ろな瞳はどこも見ていない。切断面は綺麗で、出血はほとんどなく、周囲に血痕も少なかった。切断場所はここではないらしい。

松代が歯軋《はぎし》りをした。阿比留は立ち上がり、近くにいた制服警官に尋ねた。

「身元は?」

「二〇一号室に住んでいる有田《ありた》さんの娘だそうです。躰のほうは、そちらの部屋に」

「見つけたのは?」

「その……母親で。失神してしまい、ついさっき救急車で運ばれました」

すぐそばのドアに二〇一という札があった。足下に眼を凝らしてみると、そこから首まで、体液の滴《したた》った跡がわずかに続いている。

「父親は？」

「いないみたいです。隣の住人が勝手に喋った話では、離婚しているのだと」

その隣の住人は、インターホンを押して三秒で現れた。

なんとはなしに阿比留は中年女性を想像していたが、出てきたのは太った色白の男だった。黒いプラスチックフレームの眼鏡をかけ、無精髭《ぶしょうひげ》を生やしている。脂肪で顔が膨れているせいで歳のほどが判らない。パジャマ代わりらしいTシャツはだるだるに伸びていた。阿比留が身分証を提示すると、彼は勢い良く喋り始めた。

「びっくりですよ。そんなに付き合いがあったわけじゃないですけどね。一時間くらい前かな、部屋でネットしてたら派手なシャウトが聞こえて、ジェイムス・ブラウンでも降臨したのかって外出てみたら、そのあたりで有田さんが叫んでて。それでそこの通路に……あっ、ひょっとして今もあるんですか？　ひしゃげたボールみたいなのが転がってて、そしたらそれがあの智世《ともよ》ちゃんだっていうんですから、ひどい話ですよー。慌てて警察に電話して、そのあいだずっと有田さん叫びっぱなしで。ほかの部屋の人らも続々出てくるじゃないですか。そのままそこにいたら僕が何かしたと思われちゃうかもって思ったんで部屋に戻ったんですけど、警察の人がやってきて、野次馬も一杯来ちゃって、僕、人が大勢いる場所って苦手なんですよね、それで――」

人と会話することに飢《う》えていたのか、喋り続ける彼から有田智世の母親（彼は名前を知らなかった）はホステスをしていて、普段の帰りは早くても九時をすぎること、遅ければ深夜を回り、朝帰りも珍しくなかったことを阿比留は聞き出した。

詳しいですねと言うと、相手は真面目な顔で手を振った。

「見張ってたわけじゃないですよ。安普請《やすぶしん》ですから、隣の部屋に誰か帰ってきたとか出ていくとかが普通に判るんですよ。跫音《あしおと》も響きますし」

「今日、仕事は休みなんですか」

「不規則な仕事なもんで。って、あら？　ひょっとして僕、疑われてたりします？」

「いえ。家にいたなら隣の様子もそれとなく判ったんじゃありませんか」

そうですねえと太った隣人は唸り、そういえばと続ける。

「確か、夕方の四時ごろに音がしたかなあ。智世ちゃんが学校から帰ってくるのがそのくらいなんですよね。僕、こんな風体でしょう？　怖がらせないよう、その時間はなるべく外出しないようにしてんですよ」

「今日も帰りは定時だったと？」

「だと思うんですよね。跫音もいつもと同じじゃなかったかなあ。じゃなければおかしいぞって思いますから。断言はできないですけど」

「そのあと有田さんの悲鳴を聞くまでのあいだ、隣に出入りがあった様子は？」

「それが――」

男はそこで考え、しばらくし、うんうんと頷いた。

「聞こえたと思います。三回か四回くらい。――あれって思ったんですよね。いつもは夕方に智世ちゃんが帰ってきたら、夜遅くにお母さんが帰ってくるまで隣のドアは開かないんです。それが今日に限って何回か開いたもんだから」

「何時ごろの話ですか」

「そんなに遅くなかったような気がします。五時ごろに誰かが来て、三十分くらいしてその誰かが帰ったのかなあ。それからスパゲティ茹《ゆ》でてた時だから、七時半ごろもう一回――そう、その時は駆け足が聞こえたんですよね」

「駆け足？」

「はい。それが有田さんちの前で止まって、ドアの開く音がしたんです。走ってましたけど、ドアを開けるのに騒がしくはしてなかったから、忘れ物でも取りに来たのかなって思ったんです。そしたらまたすぐ出てって――うん、部屋には五分もいなかったんじゃないかな。やっぱり忘れ物だったんだなって思ったのを覚えてます。だから正確には、智世ちゃんが帰ってきてから有田さんの悲鳴聞くまで、四回ですね、ドアが開いたのは。そっと開け閉めされたら判らないですけど、それより少ないということはないです」

殺して首を切断する。五分では難しいだろうと阿比留は思う。

だが部屋にあった頭部を通路へ出すことくらいはできる。

ということは、隣人が聞いた四回の開閉音のうち、あとの二回の時にやってきた誰かによって有田智世の頭部は通路へ出され、それから九時までの約一時間半のあいだ、誰にも見つけられずにいたと考えるべきか。アパートを貫く通路は外からは完全に隠れている。そのせいで、発見が遅れてしまったのだ。つまり隣人の証言を信じるなら、七時半以前に有田智世は殺され、すでに首を切断されていたと考えられる。

ふと阿比留は蛎塚諒一の屍体発見者――佐藤のことを思い出した。

彼は七時ごろからしばらくのあいだ、豪雨の街をさまよっていたらしい。どこにいたかは覚えていないという。

時間は合う。だがそれ以上を想像する材料はない。ただの思い付きだった。

少なくともこの時点ではまだ。

隣人は質問がやんだのを見計らい、あのうと頭を掻《か》いた。

「このことブログに書いちゃまずいですかね？　最近、どうもネタ切れなもんで」

曖昧に頷いて礼を言い、ドアを閉め、阿比留は二〇一号室のドアを開けた。

入ってすぐが乱雑なキッチンになっている。

その一目で現場と判るほどに血で汚れた床で、小さな躰が仰向けに転がっていた。デニムのスカートにピンクのパーカーという格好で、胸を刺した時にできたらしい衣服の破れを中心に濃い染みが広がっていた。

阿比留は戸口にしゃがみ、キッチンの床を離れたところから眺めた。

血痕の飛散は二種類に分けられるようだった。流しを汚しているものと、その前の床を汚して玄関まで点々と続いてゆくものとにだ。

鑑識に問うと、ほかの部屋は綺麗だという。犯人は有田智世をキッチンで殺し、流しで首を切断して外へ運んだと思われた。だが――

「判らねえな」

呟くと、現場を同じように見ていた松代が何がですと尋ねてきた。

「なんで犯人は首を外に出したんだ」

「自己顕示欲の現れとか」

「その手のバカならもっと飾るだろ。切った頭をただ転がしとくのは解せない」

「屍体を早くに見つけて欲しかったというのはどうです。自分で通報すれば、声がテープに残ってしまいますからね」

「もっと明るいところまで運ぶ度胸はなかったか？　深夜に母親が戻るのはいつものことで、見つけたのは結局その母親だ。玄関を開ける時間しか短くできてねえ」

「ほかの人が見つけることを期待していたのかもしれません」

「……母親が屍体を見つけた時、この部屋の錠はどうなってた？」

「警官が駆けつけた時は開いていたそうですが、母親は部屋の中で錯乱していたので、まだ判らないそうです。話が聞ける状態になってからですね」

阿比留はもう一度キッチンを見た。隣人の証言を信じて推理を組み立てれば、犯人は殺して首を切断した屍体をいったんここに放置して去り、しばらくしてから戻ってきたことになる。恐らく首を通路へ出すためにだ。

何かに気付いたのだろうか。部屋の中に首があってはまずいことがあると？

いや、難しく考えることはない。

もし松代の言うとおり屍体を早く見つけて欲しかったのなら、犯人は、部屋の中に置きっぱなしでは屍体がなかなか発見されないと思っていたのだ。つまり――

「そうか」

「なんです？」

「母親が深夜に帰ってくることを知らなかったんだ」

「え。しかし隣の男の話だと――」

「習慣そのものを知らなかったんだろうよ」

「顔見知りの犯行ではない。通り魔的なものだと？」

松代は呟き、けれどと続けた。

「あんな小さな子がひとりで部屋にいたところを殺したとして、親が一晩中帰ってこないなんて考えますかね」

「殺す前に聞いたのかもしれない。親が帰るのは明日ですと言われれば、どうだ？」

「今日中に見つけて欲しかったというわけですか」

「ああ。で？」

「はい？」

「屍体を早く見つけて欲しかったと言ったのはお前だ。なぜ見つけて欲しかった？」

「さあ。特に考えがあったわけでは」

携帯が鳴り出した。液晶の表示を見て阿比留は舌打ちを零す。その様子で見当が付いたらしく、松代は離れていった。聞いていたくないのだろう。

通話に出ると、即座に尋ねられた。

「マスコミ受けする事件だってな」

本部の捜査一課長だ。阿比留は腕時計を眺めた。降版協定にはまだ間がある。会見か。

「俺のほうには二件は同一犯だと上がってきてる」

「鑑識次第です」

「刑事は勘を信じるものだぜ。どうなんだ」

阿比留は間を置いた。考えたのは事件の状況についてではなく、自分の返答がもたらす結果についてだった。

「同一犯でしょう」

「そうか。本件の指揮は本部長が執られるそうだ。なるべく早くに戻ってこい」

了解と応えて携帯を切る。戻ってきた松代が、課長からですかと尋ねた。

「本部長指揮だとよ」

「屍体の首が切断されているからですね。それとも被害者が子供だからですか。きっと、上は犯人も子供だといいのにと思ってんでしょう」

「だがこれで捜査本部は増員だ。いくらか楽もできる」

「率直に言って、むかつきますよ」

「相変わらずお前はガキだな」

それから日付が変わるまで二人はアパートの住人たちに話を聞いて回ったが、収穫は被害者の人となりくらいだった。少し大人びた性格で、いつもいい洋服を着せてもらっていた小学三年生。可愛らしくて元気があり、殺されるなんて考えられないと誰もが口にしたが、母親に話題が及ぶと揃って喋りを鈍くした。ただひとり新参らしい大学生から、有田さんはよく夜中に怒鳴っていたという話を得ることができた。

県警に戻る車内で阿比留は考え続けた。

思考は自然、首の切断された屍体へ寄っていってしまう。

手際よく首だけを切り、しかし持ち去るでもなく現場の外へ置き去りにする。そこに頷ける理由はあるだろうか。もしあるとすれば、犯人を限定する手がかりになる。どんなものであれ犯人が為《な》したと確信できることは、そのまま道標《みちしるべ》になるからだ。策士策に溺《おぼ》れる。首切りなどという常軌を逸した行いならなおさらに。

案外、早くに見当は付くかもしれない。

阿比留の予想は当たっていた。

だが、捜査まで彼の望むとおりに転がったわけではなかった。

◆

雨上がりの海岸公園へと続く道路に人気《ひとけ》はない。

夏を待ち焦がれる男女も、平日深夜は家で大人しくしているのだろう。それでも一台のワンボックスカーが湾へ突き出た突堤《とってい》のたもとでサスペンションを揺らしているのに行き合ったが、佐藤は気にせず脇を自転車で通り抜けた。ニットの帽子を被り、コンタクト代わりに眼鏡をかけていたが、真剣に変装するつもりはない。漕《こ》いでいる自転車も、休日のたびに近場への移動に使っているものだった。

公園の舗装道を通り抜けて進んでゆくと、国道を根城にする暴走族すらやってこない一画が現れる。湾の地形がたまに高い波を招くのか、異様に高く作られた防波堤が海を隠し、その前に不法廃棄された乗用車がずらりと並んでいた。普段はそれらの部品目当ての若者やリアカーを引いたホームレスがうろつくそこも、雨が上がったばかりの真夜中では見当たらず、さすがに薄ら淋《さみ》しい。

読みどおりの景色で自転車を停め、適当な乗用車の屋根に上ると、佐藤は腋の下に吊っていた大振りのナイフを鞘《さや》ごと摑んで取り出した。

雨は上がったが雲は残っている。月は朧《おぼろ》と呼べるほどにも在処《ありか》が知れない。微《かす》かに届く街灯の光に抜いた刃を照らして、少し迷う。

よく使いよく研いだナイフに情を移さない使い手などいるだろうか。蛎塚諒一と有田智世、二人の首を切断したそれはほんの二時間前、彼の手で研ぎ直されていた。意味のないことを嫌う佐藤には珍しい行いだった。

頷き、彼は防波堤の向こうへナイフを放り投げた。輝《かがや》きが弧《こ》を描いて消え、軽い水音が続く。テトラポッドの群生は無事に飛び越えたらしい。

自動車の屋根から降りて佐藤は自転車に跨った。腕時計を見ると午前一時半すぎ。深夜で道は空いている。三時までには帰れるだろう。

すでに明日は休むと新村へ連絡をしておいた。急ぐことはない。事故に遭わないことのほうが重要だ。彼は自分の動揺を理解していた。

いつもの殺人とはわけが違うのだ。

警察への受け答えにミスはないはずだ。もしあれば尾行が付いている。その時は行き先をコンビニにでも変更すればいいと思い出てきたのだが、心配は杞憂《きゆう》だった。

もっと巧い手があったようにも思えてきたが、即座にそんな考えを追い払う。

過去は変えられない。その時思い付いた計画がそれしかなかった以上、それが最善だったと思うしかない。ミスがあるなら警察より先に気付いてフォローしなければならない。それができるのは今だけだ。反省や後悔はなんの役にも立たない。

とりあえずはだから――

「眠ることだ」

些細《ささい》なことから気弱になってしまわないように。体力を温存するためにも眠ってしまえ。余計なことを考えるのは朝になってからだ。

そう決めつけて、彼はペダルを踏み込んだ。

コラム② 佐藤誠　その技術と遠海事件

佐藤誠は、屍体のほぼすべてを自ら解体したと述べている。

だがそのために使用した道具は驚くほど少ない。環境が許した場合に限り電動工具を使っているが、ほとんどの場合、作業の大半を一振りのナイフで済ませている。

だが、こうした点をあげつらい、殺人の才能という言葉で収まりをつける始末が世に溢《あふ》れている現状は憂えざるを得ない。

なるべく一本のナイフで済まそうとしたのは、多くの道具を持ち運ぶことは実際的でなく、かつ、使用する道具が少ないほど捜査当局へ与える手がかりも少なく済むという理性の判断によるものだろうし、さらに言えば、作業をナイフ一本で行うというのも、そうした必要に応じて練習を重ねて身に付けた技術にすぎない。

才能と呼べるものがあるとすれば、人体の解体という重労働に耐えるだけの体力と精神力のみであるとしておくのがフェアな見方であろう。

彼が使用したナイフは、しかし現物が一切残っていない。

そのため佐藤の証言を信じるしかないが、越前武生《えちぜんたけふ》（福井県）で作られた刃渡り二十センチを超える大振りな和式鍛造ナイフ、いわゆる猟刀と呼ばれるものを愛用していたらしい。そもそもが鹿や猪《いのしし》、時に羆《ひぐま》の解体に使われるものであり、むろん頻繁な研ぎを挟みながらの作業となるが、人の解体にも必要充分な代物であったらしい。

あらゆる難事がそうであるように、佐藤誠の犯罪も、技術と道具が合わさってようやく為せるものだった。才能が入り込む余地は思われているほどない。

それを踏まえてなお、遠海事件は佐藤誠の犯罪の中でも特異なものと言える。理由は色々あげられるが、頷きやすいものは二つ。

ひとつは彼自身が事件を通報し、屍体の発見者となっていること。

もうひとつは屍体の首だけを切断したことだ。

彼の殺人計画は、徹底した屍体隠蔽《いんぺい》まで含む例が大半である。

その完璧さが、のちに当局が屍体を確認できず、そのため自白した殺人の一部しか起訴できないという結果を生んだ。佐藤誠はこの遠海事件を振り返り、最後の事件を別にすれば、この時が最も危なかったと述懐《じゅっかい》している。彼は屍体の発見者になることの危うさ、半ば自動的に疑われることの不利を熟知していたのだ。それゆえ殺人に際し、何よりまず事件そのものの消去を試みてきたのである。

屍体もしくはそれに類する証拠（大量の血痕、犯罪の目撃証言など）がなければ警察は動かない点を利用した、まさに完全犯罪の製造と言える。この思想は最初の殺人から最後の殺人まで、手際の巧拙《こうせつ》はあってもほぼ一貫している。

だが遠海事件は違う。

二つの屍体は首を切断されただけで現場に残され、かつ佐藤誠はその片方の発見者として通報までしている。不謹慎《ふきんしん》な言い方になってしまうが、ここに彼が関わった事件中、最も不可解とされる本事件の神髄《しんずい》がある。

思想家として破綻していても、行動家としての彼は合理の僕《しもべ》だ。

本書の題にもあるとおり、屍体の首が切断されていたことがこの事件最大の謎であり、そう言って良ければ魅力でもあるのだろうが、それと並んで筆者が当事件を調べるきっかけとなったのはこの、どうして彼は通報したのかという問いだった。

そこにも説明はあったのだ。ほかの事件で見せた冷徹な思考とは重ね合わせられないにしても、聞けば頷ける理由が。

それはまた首切りとも密接に絡むものだった。

あたかも、よくできた推理小説のように。

第3章　翌日

ブックセル東遠海店は午前十時から午後十時までの十二時間営業であり、シフトは午後五時を境《さかい》に分けられる。入荷のある平日昼は、三人のアルバイトに店長を加えた四名体制が通常だった。夜はひとり減って三名体制となる。

そこで、新村光次の立場は店長代理というものだった。

名前だけなら響きもいいが、内実は時間に融通《ゆうずう》の利くバイトだ。店長の勤務時間は午前八時から午後六時までだが、新村の勤務時間は正午から十時の閉店まで。夜間の責任者として

それまでバイトがしていた閉店業務や売上管理を任されているが、忙しいわけでもない。東遠海店に来て一週間、バイトの名や常連客の顔を覚え、ストックを把握するなどしていた彼は、けれどその日、朝から店に立っていた。

原因は昨夜かかってきた佐藤からの電話だった。

同僚は力ない声で蛎塚専務が殺されたことを告げ、それを見つけたのが自分であること、警察に取り調べを受けたこと、明日は店に出られそうにないことを説明し、一日だけ店のこ

とを新村に頼んだのだ。

それを聞いて驚き、大変だなと新村はまず思った。自分ではなく佐藤がだ。新村自身はあまり蛎塚専務と付き合いもなかったが、佐藤は違う。専務の伝手《つて》で入社したと聞いていた。その彼が遺体を発見したのだ。心中は察するにあまりある。しばらくは使い物にならないかもしれない。また会社も大変だ。義理堅い社長のことだ。社葬にするかもしれない。ただでさえ大変な時期だというのに。

いやそうとばかりも言えないのか。新村は思い直した。

保守派筆頭がいなくなったのだから会社はまとまる方向へ向かうだろう。企画は社長次第、成否は時代次第だが、とりあえずは戦う態勢を整えられる。

だからと喜ぶ気持ちは新村にはなかった。

どんなものであれ人の死は忌《い》むべきだ。昼行灯《ひるあんどん》と見られがちで、その実、仕事のできる同僚の取り乱した声が、彼にそうした当たり前のことを忘れさせなかった。

今朝になり朝刊を見ると、事件は一面と地域面で取り上げられていた。そこで事件が連続殺人、それも屍体の首が切り落とされていたということを知り、新村は啞然《あぜん》とした。もうひとりの被害者である有田智世という女の子のことは知らないし、人がそんなふうに殺される世界を身近にも感じられなかったが、しかし——

佐藤は、首が切られた屍体を見つけたのか。

そう思うと怒りが湧いてきた。それらを抑えつつ、新村は朝のミーティングで事件を説明し、いつもと変わらない業務を心がけるように、そして事件に関する取材や問い合わせがあれば自分へ取り次ぐようにと言い添えた。

すると昼、事務所で弁当を食べていた彼のもとに内線で、刑事が来ましたという連絡があった。奥へ通すよう言って一分後、訪《おとず》れた刑事は二人組だった。

その年嵩《としかさ》のほう、ごつい顔付きをした刑事は、県警の阿比留ですと名乗った。

「店長代理の新村です」

「ええと、今日は佐藤さんは」

「休んでいます。昨日のショックが強かったみたいで」

「なるほど。無理もありません」

「もしあいつに話が聞きたければ後日――」

「いや、それならむしろ好都合でしてね」

喋りは親しげだが、声にも顔にも愛想はない。ごく自然に阿比留は問いを続けた。

「佐藤さんとはどういった方でしょうか」

「……質問の意味が判りませんよ」

「そうですか。見たところ新村さんは彼とそう歳も変わらないようですが」

「同い年です」

「それなのに佐藤さんは店長で、あなたはその代理ですか」

「能力の差でしょう」

頷き、すっと刑事は瞳を細める。

「佐藤さんは、殺された蛎塚さんと親しくしていたみたいですね」

「社員になったのも専務の裁量でと聞いています。元々専務が見ていた店舗でバイトしていたんですよ」

「確執などはあったようですか」

「佐藤と専務にですか？　ないでしょう。……佐藤を疑っているんですか」

「なんでもひととおり尋ねるのが仕事なもので。気に障《さわ》ったのならご勘弁《かんべん》を」

口元だけで刑事は笑うが、もちろん言葉どおりには受け取れなかった。こっちを怒らせようという意図も知れたが、問いは我慢できそうにない。

「通り魔の犯行じゃなかったんですか」

「そう考える理由が？」

「朝刊には、被害者は二人と書いてありました。それも離れた場所で殺されていたと。被害者同士に関係があったようには書かれていませんでしたが」

「関係はありました。蛎塚さんは独身だったようですが、八年前まで結婚していたそうで、その時の奥さんが殺された有田智世の母親――有田亜衣子《あいこ》さんなんです」

新村は驚き、ふと気付いた。ということは――

「殺された女の子は蛎塚専務の……娘さん？」

「行政の扱いは婚外子《こんがいし》ですが、そうした可能性もあるでしょう」

刑事が去ってからしばらく新村は考えたが、やはり問いの意味は判らなかった。

蛎塚専務と有田智世が繋がっていたとしても、佐藤を疑う理由はないように思える。屍体の発見者はとりあえず頭から疑うのがセオリーなのか、それともあいつの言動におかしな点があったのか。――判らない。

判らないなりに同情し、彼はそれ以上を追わなかった。まあいいと。

どうせ冤罪《えんざい》だ。佐藤が他人を、それも蛎塚専務やその娘を殺すなんてありえない。

あいつはそういう人間じゃない。

◆

時野将自はその日、高ぶったテンションのまま定時より早くブックセル東遠海店のドアを潜ると、カウンタにいる昼のバイト仲間へはよーすと声をかけて事務所へ向かい、新村への挨拶もそこそこに尋ねた。

「専務が殺されたんですって？」

朝刊を見た時から頭の中はそのことで一杯だった。

店長代理は書類から顔を上げて訝《いぶか》しげに彼を眺めると、不謹慎だぞと言う。

「なんで笑ってんだ」

「いやその、すいません。まずいっすよね。人が死んだっていうのにこんなじゃ。でも」

堪《こら》えきれない笑みを黙らせようと、時野は自分の頬をひっぱたいた。痛みの余韻《よいん》が残るあいだだけ真顔になれたが、それで問いが変わるわけでもなかった。

「首を切られてたとか？　いやすいません。俺、こういうの凄い好きなんすよ」

「何が好きでも構わないが、店でそんな話題を出すなよ」

「判ってるす。でも新村店長は――」

「代理だよ、店長代理」

「気にならないすか。殺された片方はうちの重役すよね」

「本部から通夜は明日って連絡があった。それに参列するのが面倒ってくらいだな」

「へえ。やっぱ色々調べるから遅れるんすね。そういえば今日は佐藤店長は」

「休みだよ。……知らないんだな」

「何をすか」

新村は少し迷い、ため息と一緒に言った。

「蛎塚専務の遺体を見つけたのは、佐藤なんだ」

「……えぇっ！」

マジすかと問う彼に、マジだよと店長代理は返す。それで時野のギアはトップへ入った。現実と物語とが景気良く混ざりあい、無闇と走り出したくなる。

「だから佐藤の前じゃ事件のこと口にするなよ。……聞いてんのか？」

「あ、はい。もちろんすよ。その程度の分別はあります」

疑わしげな眸差《まなざし》の新村に大きく頷き、大丈夫すと重ねて時野は請け合った。

「とにかくそういうわけだ。佐藤は明日も出てこられるかどうか判らない。あいつが出て来るまでは俺が代わりだからな」

「判りました。……その、もしかして刑事とかここへ来ちゃったりするんすかね？」

「もう来た」

「マジすか！　いつです？」

「昼間だ。形式的な質問をしてったよ」

「アリバイとか――」

「そんなことは聞かれなかった」

「あー。それが聞ければ死亡推定時刻が見当付けられたのに」

「……何がしたいんだお前」

決まってるじゃないすかと時野は拳を握り締める。真相が知りたいんす。なんのだよ。事件のです！　この場合は特に首切りすね。

「現実の殺人犯は、一体いかなる理由から死者の首を切断するのか」

「……そんな趣味があるのか」

「い、い、い、みすてりまにあなんすよ俺」

犯罪と謎を絡め、理論と幻想の鍋に沈めて煮込む類《たぐい》の嘘が彼は大好きだった。冗談と本気を半々に、それと絡んだ夢を持ってもいる。

そうした想いを抱えていれば当然、立ち上がってくる問題は事件の不在だ。現実に物語的な事件は起こらない。起きても身近にはないという。

悩みの種になるほどではないが、怒りの種にはなる事実だった。それが、こうして狭い自分の世界から想像できる範囲内で起きてくれたのだ。しかも屍体の首は切断されていたという。はしゃがないほうがどうかしている。

「ほかに警察から聞いた新情報とかありませんか」

「あるけど、言えないな」

「なんでです」

「死人のことは喋りたくない」

「じゃあ事件のことは？　現場はマンションの部屋すよね。例えばその、密室になってたとか言ってませんでしたか」

「言ってなかった」

「そうすか。それじゃ謎は首切りだけか。……いやそれで充分すよね。なんせ被害者は二人とも首を切られてるんすから」

何言ってんだと言う店長代理を見てそうした会話には付き合ってもらえそうにないと察し、時野は苦笑いを返すとエプロンを身に付けて店へ出た。

店内はいつもと変わりない。退屈と日常の寄せ集めがあるばかりだ。だが今日だけは気にならない。通常のルーティンワークをこなしながら、顔は自然とにやけてしまう。不謹慎だと言われたことを否定する気もない。彼は愉しく考えた。

首切り——現実にあるどんな理由がそんな行動を為すのだろう？

つまらないのは、何らかの思想や犯人のコンプレックスに由来する場合だ。できればそこには合理的な理由があって欲しい。

独善を自覚しつつそんな空想を巡らせていた彼を我に返らせたのは、いい加減に客も少なくなってきた午後八時すぎ。店を訪れた中学生――水谷育だった。ブルゥのスリムジーンズに黒のシャツという、年相応の可愛らしさとは無縁の格好だ。たびたび店を訪れる彼女と、時野は暇な時に話す程度の知り合いになっていた。水谷はいつもの不機嫌顔でやってくると、こんばんはも言わずに短く問う。佐藤さんは？

「今日は休み」

「休み？　昨日はそんなこと――」

「ちょっと大変な目に遭って。それで休み」

大変な目と呟き、彼女は心配そうな顔を見せた。そうすると少し可愛くなるなと時野は思う。ミステリ好きにありがちな嗜虐《しぎゃく》趣味のせいかもしれなかった。

「もしかして、事故とか？」

「ニュースでやってたろ。遠海駅の近くで首を切られた屍体が二つ見つかったってさ。その殺された蛎塚ってのがうちの専務で。見つけたのが佐藤店長だったらしいんだよ」

水谷は口を開け、視線をさまよわせ、そうなのと言った。頷きながら時野は店内を見回す。

幸い客は皆、カウンタから遠いところにいる。声を潜めて続けた。

「蛎塚専務は店長の恩師だから、かなり堪えただろうなあ。明日は出てくるって言ってたらしいけど、実際どうなるかは明日にならないと判らない」

うんと時野は頷きを付け加えた。話は終わり、さようならという意味を込めたつもりだったが、水谷は立ち去らない。黙って何か考えている。レジ待ちの客がいるわけでもないので邪魔にはならなかったが、無視もしづらい。

「どうかした？」

「……首、切られてたんだよね。二人とも」

「らしいよ」

「なんで？」

ぴくりと時野は肩を震わせた。何気ないふうを装《よそお》おうと足を動かし、膝をカウンタ内の棚へぶつけてしまう。痛みに顔を顰め、笑みを隠しながら答えた。

「そんなの判らないよ。判るわけない」

「……そうなの」

じっと見つめられ、なんだよと問い返す。視線には疑いが乗っていたのだ。別にと彼女は呟く。気になるなと言い、おそるおそる時野は尋ねた。

「君はそういうのに興味あるのかよ」

「水谷」

「え？」

「君じゃないから、あたし」

ああそうと時野は頷き、店内を一渡り眺めた。今度こそ無駄話はおしまいにするつもりだったが、うんと頷かれ、慌てて向き直った。なんだって？　あるよ興味。

「興味って……ミステリに？」

「ミステリ？　何それ」

思わず脱力してしまう。だが諦めるより先に水谷が続けた。

「だって変じゃん。頭、切っちゃうなんて」

「……だろ！　そうだよな。首切りってだけでテンション上がっちゃうよ」

「それは、アタマおかしいけど」

「おかしくてもいい。俺はそういうの好きだから」

「……佐藤さんの言ってたとおりだ」

「え？」

「人殺しの話が好きな人がいるって」

むうと唸って彼は黙る。確かにミステリは人殺しを扱う話だ。謎や論理や幻想趣味で定義されてはいても、実際問題、ある程度の屍体が転がらなければ始まらない。

「人殺しの話が好きなら、そういうのもわかんじゃない」

「ちょっと待て。……そういうことなら別だ」

彼はそこでまた店内を見回したが、もう仕事を忘れていませんよという自分への言い訳にすぎなかった。咳《せき》払いをひとつして喋り出す。

「一口に首切りっても理由は色々ある。人体切断はミステリじゃ密室に次いで魅力ある謎だし、特に首の切断はその本命だから、色々な人が色々な状況で色々な理由を付けて切断を語ってきた歴史があるわけさ」

気持ち悪いと言われるかと思ったが、彼女は静かに聞いていた。素質があると時野は思う。そんなものはないほうがいいんだろうと皮肉を足すくらい、気分は上々だ。

「当然そこにはパターンがあるし、分類もある。どこを切られていくつに分けられたのか。切られたパーツ同士は離されていたのかどうか――って具合に。新聞では、二人とも頭部は屍体の近くにあったらしいから、これは切られた首が胴体と一緒にあるパターンだ。屍体の首を切っただけ、と見られがちな状況だね」

「……本当は違うの」

「切っただけって説明は謎の解答にならない。合理的な理由がなきゃいけないんだ。ある意味、首と躰が離れた場所にある場合より、ひとつ高度と言えるかもしれない。パーツが別々の場所にあるパターンは、離したいから切ったでほぼファイナルアンサーだから。それも面白いけど、一見して理由が判らない謎のほうが愉しいじゃないか」

水谷は首を傾げた。愉しいは言いすぎだったか？　時野は不安になったが、返された言葉は予想を越えていた。

「例えば、バラバラにする途中だったとか？」

「……まあそんな感じだよ。もっと細かくするつもりだったけど時間がなかったとか、邪魔が入ったとか、犯行が完成してない点で不満の残る答だけれど、ありはありだね。――ただし今回、その可能性はない。屍体は二つとも首だけを切られてる。どっちか片方だけがそうなっているならそうした説明でもいいけど、二人とも首だけを切られている以上、それで犯人の目的は達せられたと考えたほうがいい」

「じゃ、そういう殺し方だったからとかは？」

「首切りイコール死因――特殊な凶器のパターンだね。必然的に首が落ちてしまうという。ギロチンなんかで殺せばそうならざるをえない。けどこれも否定できる。新聞記事にもあったし、昼のワイドショウでも言ってた。被害者は二人とも、殺されたあとで首を切られていると。首切りは死因に関わってないんだ」

「じゃあ、ほかにはどんな理由があんの」

「いちばん多いのは、首だけを何かに使う必要があったとかかな」

「……首は躰と一緒にあったんでしょ」

「そう。だからこの場合、首を使ったあとで元に戻したことになる」

「首だけなんて、何に使うわけ」

「使い道は色々さ。大抵、トリックと密接に関わってくるんだけどね」

ネタバレになるから例は挙げたくないと言うと、水谷は不満そうな顔をした。慌てて時野は説明を続けた。

「ほかにもパターンはある。ざっと浚《さら》うと、まず何かの隠蔽で切ったたって可能性。首以外の異常から気を逸らさせるためとか、首にある異常を隠すために切ったとかね。ほかには、そのものずばり、首の切断面を晒《さら》したかったからというのもありだ。断面に細工をしようとしてとか、そこから何かを得ようとしたとか」

「きもいよ」

「誉《ほ》め言葉をありがとう。——あとは状況を操作するための首切りかな。ただ切りたかったっていう答と近いけど、屍体の首が切られていたらまともな人間のしわざとは思われにくい。

そんなことをしそうな人間に罪を被せようとしてとか、似たような前例があれば、それの続きだと思わせようとしてってのもあるよ」

「前例なんてあるの？」

さあと時野は首を捻る。首切りと聞いて浮かぶ実在の事件はいくつかあったが、どれも場所や時間が離れすぎていた。

「結局、わかんないんだ」

「情報が全然ないからね。佐藤店長に聞けたらいいんだけど、それもなあ」

いくらテンションが上がっていても、そこまで恥を忘れられそうにない。想像しただけで空気の読めなさ加減に嫌気が差す。それでもと時野は続けた。

「二人が殺されているんだ。一週間くらいは話題として保つだろうし、新聞とテレビとネットを眺めてれば、もう少し色々なことが判ってくるだろうさ」

したり顔の彼に水谷も頷いた。相変わらず興味なさそうな仕草だったが、さっきとは違う光が瞳に浮いているのを時野は見逃さなかった。

どうしたと尋ねると、あのさと彼女は俯いて尋ねた。

「なんで、佐藤さんはこの仕事をやってんのかな」

「いきなりだな。聞いたことないけど、本が好きだからとかじゃないのかな」

「呼び捨てかよ。別にいいけど。俺はみすてりまにあだし。ミステリにも色んなメディアがあるけど、背骨は今んとこ、まだ小説だと思うからさ」

「時野はそうなの？」

「将来はどうすんの。本を書く人になんの？」

「いやそれは無理だろうなあ」

答える彼の頭には、目の前の少女を壁に叩き付けて以来、店に出てこなくなり、そのままバイトを辞めてしまった作家志望者のことが浮かんでいた。

「考えてない？　考えなくていいと思う？」

やけに食いつきよく尋ねてくる彼女の姿に、そういえば佐藤店長、彼女から進路の相談を受けてるとか言ってたなと思い出す。確かにこれは無視しにくい。

「――考えてるよ。やりたい仕事はいちおうある」

「何？　本屋じゃないよね」

「名探偵」

笑われるのを覚悟していたが、水谷は顔色ひとつ変えず、大変なんじゃないと尋ねてきた。きっとねと時野は応える。なんでなりたいと思ったの。さあ、当たり前すぎて忘れた。

「大体、理由なんてあったのかどうか。自然に思うようになったんだよ」

「……自然に」

「そう。将来は未来にはない。今にしかないってね。部活の先輩の受け売りだけどさ」

「好きなことを自然に、か」

すっと顔を脇へ向けて誰もいない空間を眺めると、うんと頷き、別れの言葉もなく彼女は店を出ていった。その後ろ姿を眺めつつ、時野はようやく、水谷が本当に知りたかったのは事件の謎などではなかったのだなと気が付いた。

そして、ぼんやりとした理解不能を彼女の評価に付け足すことにした。

それから佐藤のことを考えた。

彼の中でその店長は、脂《あぶら》っけもなければ存在感も薄い、妙に透明な人間だった。一緒にレジに入っていて面倒臭くはないし、仕事の上では頼れるので、そういう点では尊敬できる大人であるのだけれど、同じ人間かというと首を傾げたくなってしまう。

何度か話題にもしているその名前の薄さが引き出しを引っこ抜くように芯を取り去ってしまったかのように、店長のことはバイトの仲間うちでも話題にされることが少なく、タイムカードを押してしまえば即座に忘れ、次にタイムカードを押すまで思い出すこともない存在なのだ。――そんな彼が屍体の発見者になっている。

そういうものかと頷く反面、だから現実は駄目なんだとも思う。あんな人に屍体を見つけさせちゃうから面白い事件にはならないんだ。俺に見つけさせてくれれば、もう、どうしてそんなことをしたのかすぐ解いてやるのに。

彼は確かにミステリマニアだった。

そして多くのミステリマニアがそうであるように、時野もまた自分で思うほどの現実家ではなく、むしろ救いがたいまでの理想家だった。でなければ人の死、それも作り話の死へ美しいものを幻視するなどできるわけはない。

◆

店を出た水谷は駐車場に設置された自動販売機の前で携帯を取り出し、迷った末に佐藤の携帯を呼び出した。無理に番号を聞き出してから初めての連絡だった。

二十秒ほどもコールは続き、諦めかけた時、眠そうな声がはいと応えた。

「佐藤さんですか。水谷です」

「……電話だと丁寧語《ていねいご》なんだなあ。変な感じだよ」

「別に、普通です」

どうしたと問われ、彼女は話す理由を用意していなかったことに気付いた。仕方なしに、大丈夫ですかと尋ねる。何がだい。なんか大変なことに遭ったたって——

「ああ。誰から聞いたんだ」

「レジに入ってたバイトの人」

「時野か。あいつおしゃべりだろう」

「愉しそうでしたけど」

「僕が休みで？」

「じゃなくてその……事件が」

そのものを指すのはためらわれて濁《にご》したが、佐藤はあっさり、首切りかと言う。

「確かに時野が好きそうな飾りだ。でもそんなことを君に喋るなんてどうかしてる。いつかそんな自分の性格に復讐されなければいいけど」

電話越しの喋りはいつもと変わらない。そのことに彼女は心からほっとした。

水谷にとり彼は、アドバイスを素直に聞けるほとんど唯一の大人だった。親の言葉には愛情が濃すぎるし、教師は立場でものを語る。佐藤が口にする言葉は無関心が看過させたものが多く、それだけに正直で、損得勘定抜きに耳を傾けることができたのだ。

それでと問われ、水谷は我に返った。

「用はそれだけかい？　まさか事件のことが知りたいとか言わないよな」

「じゃなく、前に聞きそびれたことがあって――」

通話を切りたくなくて出た言葉に縋《すが》り、彼女は続けた。

「どうして、本屋を仕事にしようとしたんですか」

流れだねと即答された。流れ？

「バイトで入ってさ。やれそうだったから適当にできる範囲でなんでもこなしてたら、ある時専務に呼び出されて、社員になってみろって言われたんだよ。ならないかって誘われたら断ってたし、なれって命令されても断ってたろうなあ。まあ、居心地悪くはなかったから、試しにやってみたら続いたのさ」

「好きだからとかじゃなく？」

「ああ。書籍も雑誌もいまだにあんまり読まないしね。食べられればそれで良かった」

「そんなんでいいの」

「動機はね。そのあとが真剣に送れるなら、動機なんてどうだっていいよ。……でもまあ普通は好きなことじゃないと真剣になれないし、そういう意味ではやっぱ、好きとはいかないまでも納得できることを選んだほうが、無難は無難だろうなあ」

「佐藤さんは、本屋に納得できたんだ」

「――僕は別だよ」

「別？」

「そう」

瞬間、相手の声質が変わった気がした。電波が悪くなったのかと水谷は空を眺めてみたが、月さえ自販機の明かりを相手に分が悪い夜空に変わったところはない。

「僕は別だ。そこらの人とは違う」

「どう違うの」

「好きじゃなくても、納得できなくても、真剣になれるんだよ」

戸惑う彼女を思ってか、声は急に明るくなった。

「まあそもそもそういう人間が長くフリーターをやるものだから、僕が特別ってのは言いすぎか。……まだ将来のことで悩んでるのかい。焦《あせ》る必要はないって言ったろ」

「――焦りたいんだよ」

焦っていれば、焦らない自分に焦らずにいられるから。パラドクスにも似た想いを確認し、なら仕方ないねと返された言葉を彼女は聞き流した。

「焦っても焦らなくても、真剣にやってもやらなくても、生きてれば歳を取る。僕に言えるのはそれくらいだ。……答になってるかな」

「わかんない。結局本屋で良かったの？　悪かったの？」

「良かったよ。なるべく長く続けたいと思ってる。だから余計にショックなんだ、蛎塚専務に死なれたことがね。あの人に誘われて、僕は本屋を仕事にしたんだから」

数秒の沈黙があった。水谷は喋りの意味を察するような無駄はせず、優しく聞こえるよう気遣いながら尋ねた。明日はどうすんのと。

「出るよ。それが仕事だからね。恩師が死んでへこんでられるのは、いいとこ一日だ」

「凄いね」

「大人なんだよ。そっちはもう少し子供らしくしろ。この電話も、家からかけてきてるわけじゃないんだろう」

「だって、家にいても退屈だし」

「それでも日が沈んだら子供は家へ帰るものだよ。——夜へ親しむくらいなら、淋しさに親しんでたほうがずっといいんだぞ」

通話は切れた。

水谷は携帯を握りながら、しばらく佐藤の言葉を考えていた。

きっと淋しさに慣れていたほうが、ひとりで生きられるようにはなれる。それは理屈だろうし、動物的に強いってことなのかもしれない。でも——

淋しくしている人間を羨《うらや》ましく思ったことなんて一度としてなかった。

思考はそこから連結し、ひとりであてもなくさまよっていた少し前の自分へと辿りつく。するといつもは酔えている淋しさがなんだかとても白々しいものに思え、追い立てられるように彼女は家路に就いた。

◆

水谷からの通話を切り、畳《たたみ》に寝そべったまま佐藤誠は天井を眺め、さっきまでの想いを反芻《はんすう》した。――あれで良かったのだろうか。

彼女との会話ではない。昨日の事件の始末のことだ。

今日、昼すぎに目覚めた彼は、いつも殺人のあとでそうするように、念のためと身の回りのものを片付けつつ、自分の為したことを思い出し、ひとつひとつ吟味したのだ。

行動にミスはないつもりだった。

疑われるのは仕方ないが、切り抜けられるだけの手がかりしか現場には残していないはずだ。それでも、ふとすると問いに囚《とら》われてしまうのだった。

そもそも首を切る必要があったのか。

そうすることの意味はあった。だがそれは、蛎塚専務の屍体を刻《きざ》んでまでやるべきことだったのだろうか。方法はほかにもあったはずだ。あの時選べる方法の中であれが最善だったとしても——選ぶべきだっただろうか。

昨夜から間欠的にそんな問いが脳裏を支配していた。

行いは訂正しない。過去を改竄《かいざん》しようとも試みない。

それこそ彼を社会と世間に繋ぎ止めてきた根本の現実主義だった。過去を変えるような無理は歪《ゆが》みを残す。歪みは疑いを生み、やがては社会にいられなくなってしまう。そんな理解を手放さなかったからこそ今までやってこられたのだ。

だから今、佐藤はそんなことを考える自分に戸惑っていた。意味のないことに時間を割《さ》く余裕はないと考えても、なかなか問いは消えてくれない。

しばらくして携帯に着信があった。相手も確認せずに出る。

「……今、大丈夫か」

新村だった。

「大丈夫。——今日は悪かったね」

「んなこたいい。本部から連絡がいってるかもしれないが、専務の通夜は明日だそうだ。出てこられそうか」

「行くよ。店のほうにも明日は出られる」

家の中で黙っているより働いていたほうがごまかせる。そうした計算もあったが、まずひとりでいると浮かぶ問いから逃げたかった。何かを忘れる最もいい方法は直視しないことに尽きる。そうかと同僚は呟いた。

「何度でも言うが、無理はすんなよ」

「あぁ。ありがとう」

通話を終えて数秒ぼうとし、彼は今日、何も食べていなかったことを思い出した。キャベツとにんじんが冷蔵庫にあったはずだ。やきそばでも作ろうとキッチンへ立つと、同僚の気遣いが連れてきたのか、納得がひとつ降りてきた。そうか。

「そういうことか」

僕は、蛎塚専務に死んで欲しくなかったんだ。

色々考えてしまうのは、そのせいだ。

コラム③　佐藤誠　その職歴と蜜月

佐藤誠の職歴において、書店員だった三年間が特別長期にわたっていることはすでに述べた。これはとりもなおさず、彼にとってブックセルが居心地のいい職場であったことを示している。だからこそ事件後も会社に留まり、会社が潰れたのち、次の仕事に書店業を選ばなかったのだという言葉も、のちの供述には見ることができる。

これは彼という人格にとり珍しいことと言える。

執着もまた、希望と同じくらい彼が避けていたものなのだ。そうした合理から離れた想いは無意識の現実逃避に人を駆り立て、隙を作ると考えていたのだろう。

そのような思想を佐藤誠が持つようになったきっかけは、高校時代に彼が手がけた最初の殺人を含むいくつかの事件にあったとされている。

それらを詳しく述べるのはまたの機会に譲《ゆず》るが、ともあれ、そのような彼の思想が、遠海事件の起きた平成十八年時、揺らぎ始めていたのは確かだろう。

経歴の追跡が難しいという佐藤誠の特徴は、彼自身の立場に加えて、当局の眼に留まらないよう留意した結果でもあったわけだが、そんな彼がこの時期、書店に勤め、その環境に適応していたのである。

文学的な表現をするならば、殺人に手を染めて以後、この時の佐藤誠が最も人間らしかったのだろう。前述のとおり、殺人遍歴でこの時以上に彼が疑われたことはない。それが彼が取り戻しかけていた人間らしさに由来するのだとすれば、ひどい皮肉ではあるものの、その思想に矛盾はなかったとするしかない。

根を張った状態は、それだけで疑われやすい危険を孕《はら》んでいるのだ。

そうした自覚があったせいか、ブックセル時代の年間殺人数は、彼の殺人者としての経歴を見渡した時、少ない部類に入る。

もしかして佐藤誠の中にはこの時、普通の人間になれるといった希望があったのではないだろうか。のちの供述や面会でそうした心情が語られることはとうとうなかったが、筆者は密《ひそ》かにそう考えている。

そしてまさにこの点が、事件を理解する上で重要になる要素であった。

環境への執着、現状を護《まも》らんとする想い。

そうしたものこそが遠海事件を飾った彼の動機であり、首切りの理由も結局はそこに由来している。回りくどい言い方になったが、これは、読者諸氏も同じ過程を経て真実に至って欲しいという、筆者の傲慢《ごうまん》な想いより来ている。

合理がないため、真実により近い。屍体の首を切断するという一見非人間的に見える行いの中に、佐藤誠の人間的な部分は含まれていた。

それはまた同時にひどく殺人者的な部分でもあったのだが——あえて暴論を吐くなら、人という存在自体にそうした面が含まれているのであろう。

そう筆者には思えてならない。

読者の思索《しさく》を請う。

第4章　捜査

金曜の午後一時すぎ、県警鑑識課は空調に冷やされていた。

外は停滞前線の気まぐれが呼び込んだ晴天、盛夏を先取りする炎天下だ。阿比留が入っていった時、鑑識課員の吾妻《あづま》は席でパソコンをいじっていた。画面には英文のリストと気味の悪い宇宙人の画像が映っている。

「なんだそいつは」

「――ん。阿比留か」

振り向いた細面《ほそおもて》は色白で、白衣姿とくたびれていない革靴が刑事部でも特殊な課員であることを示している。頭は年相応以上に薄く、肌はかさかさに乾いていた。

「刑事面に黙って近付かれんのは心臓に悪いな」

「後ろめたいことでもあるのか」

「カリフォルニア在住のスプラッタマニアのサイトだよ。アメリカ、ヨーロッパはもちろん、アジアの、作った本人も忘れてるような映画までカバーしたデータベースを公開してるんだ。

向こうのマニアは加減がなくていけない」

「そんなものが参考になるのか」

「短絡は科学的思考とは言えないぜ。ちょっとした思い付きだ」

吾妻は背もたれによりかかり、用件はなんだと問う。問いながら見当は付いている様子だった。昼を奢ろうと言うと席を立ち、脱いだ白衣を椅子へ放った。

二人が向かったのは、本部から二百メートルほど離れた路地にある、採光を諦めた店内に黄色い照明を配した雰囲気が売りの喫茶店〈赤信号〉だった。県警関係者が来ず、不穏な会話をしていてもマスターが顔色を変えないこと。加えて美味《うま》いコーヒーを飲ませる点を買い、阿比留はよく利用していた。同期の吾妻もそのあたりは同様だ。パスタセットとサンドイッチ、デザートまでいっぺんにオーダーし、鑑識課員は言った。

「報告は今朝の会議で済ませたぞ。寝てたのか」

「自分の仕事についてだけだったろうがよ」

「俸給分働くので手一杯でな」

「ほかとの絡みから浮かぶ感想もあるはずだ。検案書に筆跡があったぜ。越権だろ」

「何が訊きたい」

「なんでもいい。気付いたことはないか」

「どっかが歪《ゆが》んでる」

それだけは確かだと吾妻は呟き、やってきたブレンドに口を付けた。

「本業から喋るとな、二人の被害者のうち、蛎塚諒一がひとり暮らしだったというのは、現場に残ってた指紋、髪の毛、その他諸々から察して間違いない。被害者以外の指紋は微量だった。発見者のものも検出できたが、ごくわずかだ」

「アパート――有田智世の遺体があったほうは？」

「そっちはごちゃごちゃしてたけどな、被害者と母親のものが大半で、元夫である蛎塚諒一の指紋も、少なかったがあった。離婚後も月に一度の割合で会っていたという有田亜衣子の証言を否定するようなものはない」

蛎塚諒一と有田智世が血の繋がった親子というのは、昨日の朝、正気を取り戻した有田亜衣子の口から判ったことだ。別れて八年になるが、交流は続いていたという。

吾妻はやってきたサンドイッチを取り上げながら続けた。

「二つの現場から共通して検出できた指紋は蛎塚諒一のもののみだ。蛎塚諒一のマンションから有田亜衣子と有田智世の指紋は見つかっていない。ほかに共通する不明指紋もない。付け加えるなら例の発見者――なんて名前だったかな」

「佐藤誠」

「そう。そいつの指紋もアパートのほうにはなかった。指紋についてもっと言えば、マンションのどこにも指紋を拭《ふ》き取った跡はなかったが、アパートのほうには、玄関のドアノブにだけ拭いた跡があった。こういう場合、マンションに残る指紋の主を疑うのがセオリーだ。つまり、その佐藤ってのが怪しいっちゃ怪しい」

計画殺人であることは最初から見当付けていた。指揮が県警本部長へと移されたため増員した捜査本部の方針もその見方を採っている。だが――

「話せるのはそれだけじゃないだろう」

「勘か？　非科学的だぞ」

「歪んでいると言ったのはそっちだぜ」

「こっちは統計だよ。全体的な整合性の問題もある」

「判りやすく喋ってくれ」

「一歩引いて眺めるのさ。例えば凶器。有田智世は刃物で胸を突かれている。蛎塚諒一のほうは頸部切断にごまかされて判りにくかったが、首――頸動脈を一撃されていた。ともに使われた凶器はマンションのキッチンに収納されていた包丁で間違いない。洗ってはあったが刃こぼれがあったし、柄から被害者二人の血液が検出されている」

だがと続け、吾妻はフォークで宙に円を描く。

「首を切断するのに使われた得物は出てこない。殺しに使われたのはそこらで売ってる刺身包丁だ。頸椎の切断には荷が重い。犯人は、殺しに使った凶器は洗ってキッチンにしまいながら、首の切断に使った得物は持ち帰ったわけだ。つまり――」

「そちらは犯人にとって特別な代物だった」

「そう見るのが妥当だろう。蛎塚諒一の死因となった首の傷からは、わずかに有田智世の血液も検出されている。死亡推定時刻もいくらか蛎塚のほうが遅い。有田智世、蛎塚諒一の順で殺されたことに間違いはない」

今朝の会議で報告されていたことだった。有田智世の死亡推定時刻は午後五時から五時半のあいだ、蛎塚諒一の死亡推定時刻は午後五時半から六時のあいだと見積もられている。蛎塚諒一のほうが三十分ほど遅く死亡した計算だ。

「マンションの玄関ホールにあった防犯カメラの映像から、蛎塚諒一がエレベータに乗り込んだ時間は判っているんだよな」

吾妻に問われ、阿比留は頷いた。午後五時四十分ごろの映像に蛎塚諒一は映っており、その二時間二十分後、通報を受けて向かった警官に首を切断された屍体として発見されたのだ。疑いが残る佐藤誠の証言を無視して考えれば、そうなる。

「犯人は、大体五時半から八時までのあいだに二人を殺し、首を切断して逃げたことになる。

手際が良すぎるだろう。これは小野《おの》も言ってたことだけどな」

小野というのは県下にある国立大学法医学教室に在籍する助教だ。今月の検案担当医であり、蛎塚諒一と有田智世の司法解剖を執り行っている。吾妻のなれなれしい呼び方は学生時代の序列から来ており、その立場を利用して検案にも絡んだのだろう。

「首の切断に使われたのは電動工具ではなく、鉈《なた》などでもない。よく切れる刃物で切れ目を入れ、骨は軟骨部分を選んで切断し、部分的に脱臼《だっきゅう》させてあった。二体とも処置は同様だ。犯人がこういった作業に熟練しているのは間違いない」

「……医療関係者か？」

「尋ねたが、小野は頷かなかったよ。人体の切断は外科医なら必修ではあるが、それは腕や脚に限った話だ。首を切断するような処置は西洋医学には存在しない。当然、そんな技術もない。本邦でもそんなもの、打ち首の文化と一緒に亡《ほろ》んだはずだってよ」

「じゃあ犯人はどこでそんな技術を学んだんだ」

「技術なんてものは、真剣に繰り返せば自然と身に付くものさ」

「どうやって繰り返す」

「判らん。それより気になることがある。蛎塚諒一の死因は頸動脈からの失血だ。飛び散った血痕と考え合わせれば、殺害現場は部屋のリビングで間違いない。一方で、有田智世の死因は胸を刺されたことによるショックだ。傷は肺に至っていたが、心臓を貫いているわけじゃない。つまり躰に血液が残った状態で犯人は首を切断したわけだ。血液は体温を保って微生物の繁殖を助けるし、それ自体が変質しやすくもある」

「結論から言え」

「有田智世の殺害、首切断の現場は、ともにアパートのキッチンでまず間違いない。だが死後すぐ首を切ったにしては、流れた血液の量が少なすぎる」

「……汚れていたのは台所だけだったぞ。ほかに血液反応もなかったろう」

「だからさ。心臓が停止すれば血圧はゼロになる。それでも血液は即座に固まるわけじゃない。重力に従い、体内でも低いところへと移動しようとする」

阿比留は頷いた。刑事にとり常識でもある。その結果、体表面に死斑《しはん》が現れるのだ。

「当然太い血管――頸動脈などが切断されていれば、屍体であっても血液は少しずつ流れ出す。もちろん首を切断された屍体から流れ出す血液、その経過時間ごとの変動量なんてデータはない。姿勢によっても変わるし、被害者のひとりは子供だ。出血量が少ないというのは印象でしかない。だが死斑の出方にも奇妙な点があったんだ。あれだけ出血すれば普通、死斑は出ないか、出ても小さなものになるんだが――」

「大きく出ていたのか」

「いや小さかったんだが、一度、相応のサイズとして出てから消えた形跡があった。普通なら、死後しばらくしてから姿勢を変えられた可能性を疑うところだ」

「つまり、被害者は殺されたあとで現場からどこかへ運ばれ、そこで首を切られ、また現場に戻されたってのか」

「いや違う。そんなことをする時間はないだろう」

「まあ、ないな」

「あくまで殺しと首の切断は現場で行われたとすると、組める仮説がひとつある」

阿比留が無言で促すと、鑑識課員は両手を広げた。

「殺害から首切断までには間があった。まず一時間以上」

「……待て。そいつはおかしい」

「だから言っている」

二つの死亡推定時刻の差は約三十分。

もし有田智世が殺害から一時間後に首を切られたとすると、犯人は有田智世を殺し、蛎塚諒一を殺し、そのあとで有田智世の首を切ったことになってしまう。

「わざわざ首を切りにアパートへ戻ったってのか」

「それを考えるのはそっちの仕事だ」

何かが頭を過《よ》ぎる。阿比留は考え、すぐに思い当たった。

有田家の隣人の証言だ。有田智世の死亡推定時刻と重なる五時から五時半まで、部屋には誰かがいたという。恐らく犯人だろうが、そいつが帰ったあと、七時半ごろにも部屋を誰かが訪れたようだと。

その時、有田智世の首が通路へ出されたのだろうと阿比留は考えた。

だが犯人がやったことはそれだけではなかったのかもしれない。

「……首の切断はどれくらいでできる?」

「道具と腕次第だな。刀を用いた斬首なら一瞬だ」

「そいつは極端な例だろう」

「傷口は綺麗だった。組織もほとんど潰れていない。零れた刃が残っていれば断言できるが、そうしたものもなかった。切れ味だけ見れば、刀という可能性は捨てたものじゃない。少なくとも鍛造品だろう。包丁なら柳刃、鉈なら猟刀か」

恐らくはと付け足し、吾妻は空想の前髪を搔き上げる仕草をした。

「犯人は屍体を座らせた状態で背後に回り、左手で髪を摑んで、屍体の首をのけぞらせた状態で刃を入れたんだろう。ぐるりと刃を滑らせながら肉や筋、気管血管を断ち、骨を外したんだ。子供の首だ。慣れていれば一分とかからないだろう」

七時半ごろに来た誰かはすぐ去ったようだと隣人は言っていた。部屋には五分もいなかったと。それでも首を切断することはできなくもないのだ。

「……蛎塚諒一の屍体におかしな点はないのか」

「死因の頸動脈切断で大量の血液が流れたあとの頸部切断だ。切り方も使った道具も同じだろうが……若干蛎塚諒一のほうが綺麗だった」

「最初に切断したから、まだ切れ味が落ちていなかったと？」

「恐らくはな。研ぐ暇がなかったんだろう。つまり首切り用の刃物も一本きりだ」

阿比留は考えた。判ったことを考え合わせると――

「犯人は蛎塚を殺した時に首切りを思い付いたのか」

阿比留が言うと、愉快そうに吾妻は躰を揺らした。そうか。そういうことになるな。

「蛎塚諒一を殺したあとに思い付いて首を切り、有田智世の屍体も同じにするためアパートの部屋へ戻った。……どうしてそんなことをしたんだ？」

「そんなことは捕まえて聞けばいい。頭で追う意味はねえだろう」

危険な思いこみだと言う鑑識課員へ、今はそれで充分だと阿比留は返す。

「とりあえず犯人の動きを見当付けたかったんでな」

現状、捜査本部は目撃証言収集と動機の捜索に的を絞り動いていた。怪しげな人を見かけなかったか、被害者が誰かに恨まれていた様子はなかったか、等々。

捜査の基本だが、同じ道を選ぶ気はなかった。

事件時の天候から決定的な目撃証言が得られる可能性が低いというのもあったが、何より大きいのは、容疑者に心当たりがあったせいだ。

佐藤誠。

一度しか会っていないが、彼の印象は阿比留の中で強く残っていた。自分が疑われていることを知りながら妙に落ち着いた素振りも引っかかっている。

だからと軽々《けいけい》に動くわけにもいかないが——まずは、足場固めだ。

◆

県警のカローラで遠海署へ向かう途中、二つ目の信号待ちで松代が口を開いた。

「吾妻さんから有用な情報は得られましたか」

「犯人の頭がおかしいことが判ったくらいだ」

諦めのため息を吐く松代に、それよりもと阿比留は言った。

「防犯カメラの映像の時間表、できてるんだろうな」

「ええ。二十四時間分、昨日から都合四回も見ているんですよ。ただ死亡推定時刻前後にあまり人は映っていませんでしたね。……どっちみち、照らすのはマンションでの聞き込みが終わってからでしょう」

「佐藤誠はどうだった」

「証言どおりに映っていました。ちょっと後ろの荷物を取ってもらっていいですか」

言われたとおりに後部座席へ手を伸ばし、そこにあった書類ケースを取る。目当てのファイルはいちばん上に入っていた。映像に映っていた人影が、身形《みなり》で区分けし分単位で記録されている。律儀に二十四時間ぶんあった。

阿比留はその記録の最後の部分、蛎塚がエレベータに乗り込んだ五時四十分以後の部分に注目した。それによれば、佐藤誠は二度、玄関ホールのカメラに映っている。

一度目は六時五十四分。上りのエレベータを待つ姿だった。二度目は七時十四分。こちらはエレベータから降りてマンションを出ていく姿だ。

「二度目の時はうろたえていました。あんな屍体を見れば無理もありませんがね。行きはカメラを意識する素振りがありましたが、帰りは一目散です」

「やることがあったのかもな」

「疑っているんですか」

「通報の正確な時刻は何時だった」

「一緒に綴《と》じてあるはずですよ」

言われて見ると、確かに記載されていた。七時五十六分となっている。

「つまり約四十分間、佐藤は姿を消していたわけか。……有田智世が殺されたアパートまで行って帰ってくることは可能だな」

「あの時間帯の遠海駅前は渋滞するので、車より歩きのほうが速いです。ただ、走っても十分はかかりますよ。アパートで有田智世の頭部を部屋から出した時間も考えれば――」

「首切りもだ」

「……それならなおのことギリギリです。屍体をいじるのに目立ちたくもないでしょうし、街中を走るのは難しいんじゃありませんか」

「あの日は急な土砂降りだった。走るやつはそう珍しかない。……通報までの空白で、雨の中をさまよっていたと佐藤は言ってるな」

「聞き込みに期待ですね。でも、どうして殺した時に首を切らなかったと思うんです」

「吾妻の見立てだ。根拠が勘のみで、報告書には書けなかったそうだ。有田智世は、殺されてから一時間ほどあとに首を切られたようだと」

情報を吟味する間があり、松代はおそるおそる尋ねた。

「犯人は、首を切るためにアパートに戻ったのだと？」

「首を切って、首を通路へ出すためにだ」

「……蛎塚諒一の首を切ったところで、有田智世の首も切りたくなったんですかね」

「理由は浮かぶか？　俺は考えたくない」

しばらく沈黙が続いたが、松代は黙らなかった。

「目くらましにしては手が込んでます。佐藤のしわざなら、通報を遅らせてまでしなければならなかったことになる。残しておくとまずいものを片付けたってのはどうです」

「首を切って隠せるものってなぁなんだ」

「蛎塚諒一の死因は、頸動脈切断による失血ですよね」

「それを首を切った程度でごまかせると考えたのなら、随分と舐《な》められたものだな」

「そんなものでしょう。人殺しの考えなんて」

「有田智世の首切りはどうなる。向こうは胸を刺されてんだ」

「……首切りの真意が蛎塚諒一の傷隠しにあることを悟らせないための工作、とか」

本気で言ってんのかと問うと、松代は苦笑し、小説じみてますかねと続けた。

「そのものだ」

「やつは本屋ですから、作り話になじんでるのかもしれませんよ」

「だとしても根本の疑問は残る。どうして首の傷を隠そうとした？　殺害に使った凶器は現場に放置されていたんだぞ」

答は出ないまま、パトカーは遠海署に到着した。

新たな情報が得られたらしく捜査本部は賑わっていた。顔見知りの所轄刑事を捕まえて訊くと、有田亜衣子に娘への虐待歴が見つかったという。

「児相《じそう》のほうで処理されてたらしくて、判るのが遅れたんですよ。全部で三件、いずれも三年以上前の話ですが、こりゃあ、ひょっとしたらひょっとしますよ」

子供と元夫を殺したシングルマザー。響きだけなら今風な物語だ。三分で福祉問題と絡めた特集が完成するだろう。阿比留は頭を振った。

「有田亜衣子のアリバイはどうなってる」

「四時半ごろからずっと仕事場にいたと証言しているので、今はその裏を取りに動いています。店は二つの現場と同じ界隈《かいわい》なんで、もしアリバイに空白があれば――」

幸運を祈ると言って阿比留は捜査本部を出た。

虐待歴を抜きにしても、有田亜衣子は重要参考人と考えていい存在だった。親殺し子殺しは現状で微増傾向にある犯罪でもある。

だがそれを踏まえても、佐藤犯人説は彼の頭に残っていた。

どう動きますと松代に問われ、だから即座に答えた。

「蛎塚諒一の殺害現場——パレス遠海だ」


事件から二日が経ち、パレス遠海に制服警官の姿はなかった。

マンションに入る前に、阿比留と松代は管理小屋を覗いてみた。しばらくは性根を入れ替えるつもりなのか、初老の管理人はそこでつまらなそうに小さなテレビを眺めており、受付の窓越しに声をかけると、むしろ嬉々《きき》としてこれはどうもと応じた。

「警察の皆さんも早くに引き上げてくださって、住人たちから苦情もありません」

それは良かったと阿比留は大袈裟《おおげさ》に頷いてみせた。渡された封筒は無駄ではないよとの意味を込めて。それでと管理人は続けた。今日は何用でしょうか。

「玄関ホールに防犯カメラがありますよね。あれに映らず、マンション内部へ出入りすることは可能ですか」

「……いや、そりゃあまず無理です」

「まず？」

「ああ、だからその、各部屋のベランダから入り込むようなことはできますよ。そっちにはカメラもないし、高さはありますが、脚立《きゃたつ》でもかけられたらひとたまりもないので」

「その場合、一階の部屋を通ることになりますよね。部屋も玄関も通らず、直接マンション内の通路に入る方法はないんですか」

「そうですね。非常階段を使えばもしかしたら。建物にくっついていますよね。ほら、ここからも見えますでしょう」

管理人が示す先に、マンション外壁へめりこむようなデザインの円柱状の建物が見えた。あか抜けないオブジェのようにも見える。

「あそこを通れば入れます。ただ……」

「ただ?」

「外からは鍵なしに開かないようになっているんですよ。だから、玄関ホールのカメラに映らずマンションに入るなんてことは、やっぱり無理です」

「……鍵はここへ置きっぱなしにしているんですか」

阿比留は管理小屋の中を見た。一昨日《おととい》より物は増えているが、それでも生活臭には足りていない。壁にかかった藤城清治《ふじしろせいじ》の影絵付きカレンダーも白々しかった。

いえそんなと管理人は否定し、ポケットから鍵の束を取り出して見せた。

「こうしてほら、肌身離さず持ち歩いていますよ」

「非常階段の中を見せてもらえますか」

「どうぞどうぞ」

「鍵だけ貸してもらえたら勝手にやりますが――」

管理人は愛想を浮かべ、助かりますと言って鍵を差し出した。ＩＣチップが埋めてある防犯性の高い代物だ。合鍵もメーカーでしか作れない登録式の製品だが、管理する人間がこうでは、その防犯性も頼りないだろう。

阿比留と松代は駐車場から裏手へ回り、非常階段が入っているという建物の前に立った。解錠してドアを開けてみる。

中は真っ暗だった。窓がないせいだった。

手探りで壁のスイッチを入れると、蛍光灯が一斉に点《とも》る。災害で電気がストップした場合にはどうするのか、阿比留には想像も付かなかった。内壁に螺旋階段が取り付けられ、そこらじゅうに土埃が堆積している。掃除どころか、しばらく誰も足を踏み入れていないようだ。むしろ蛍光灯が点ったことを誉めるべきなのだろう。

阿比留はドア框《がまち》に手をかけ、ここは使えないなと呟いた。

「蛎塚諒一の死亡推定時刻は午後五時半以降。だが佐藤は七時前までカメラの映像には出てこねえ。アリバイよりまず、正面玄関を通らず八階に至る道がなけりゃな」

「どうしても佐藤がやったと考えているんですか」

「半々だ。——頷けないか」

「この事件が異常だってことは判りますが。有田亜衣子ではないという理由でも？」

「ないさ。だが捜査本部の全員が同じ方向を向いてる必要もねえだろう。幸いに指揮は移ってんだ。好きに動くのが筋さ」

「言い訳にしか聞こえませんけどね」

「勘て言え。聞こえがいい」

苦笑しつつ松代は非常階段塔の外壁を眺めた。

「やはり普通に玄関を通ったんじゃありませんか。変装したという可能性もあります。もう一度、通してビデオを見てみますよ」

真っ当な意見だ。正当な捜査法でもあるだろう。だが——

嫌なものを阿比留は感じていた。蛎塚諒一の屍体を見た時に触ってしまい、すぐに思い過ごしと忘れたはずの感触だ。それは今も膨れ続けていた。漠然とした疑いのようでも、些細な諦めのようでもある。そいつはずっと囁《ささや》いていた。

これはそんな単純な事件じゃないんだぜと。

根拠はない。収まりの悪さを説明したくて手近な関係者を疑っているだけじゃないのかと言われても、否定の言葉は見当たらない。

それでもなお、利口ぶって忘れるなという警告は残った。二十年以上の刑事経験から、勘などそうあてになるものではないと判ってもいる。だが無視はできない。わけても、それを動かない理由にしてはならない。

「……今、ビデオはどこだ」

「遠海署にあるはずです」

阿比留は腕時計を見た。午後五時前。蛎塚諒一の通夜は駅から数キロのところにある斎場で夕方からと聞いていた。――よし。

「松代、お前は署に行ってビデオを当たれ。俺は佐藤に会う」

「了解しました」

◆

市街地から離れた丘のたもとにある斎場はライトアップされ、一帯の空気をきちんきちんと沈ませていた。弔問客《ちょうもんきゃく》の多さが、死者の役職が伊達でないことを証している。聞けば故人の両親はすでになく、喪主は兄が務めているという。

阿比留は受付で佐藤がまだ来ていないことを確認すると、斎場の入口で待ちながら場を見渡した。涙が多く、故人の人格を偲ばせる通夜だが、哀しみを覚えるほどではない。そうするには彼はくたびれすぎていた。唯一、犯罪への怒りだけが二十年前と変わらず残っている。それだけでやってきたと言っても過言ではないほどに。

首の切られた屍体。

理屈で考えるべきではないと阿比留は思う。事実を拾い集める鑑識の吾妻が状況のおかしさを指摘した時、より強くそう思った。そこに意味がないなら考えるだけ無駄だし、意味があったとしても犯人の中でしか通用しないものなら同じだ。どちらにしても、捕まえてから聞き出して調書で辻褄《つじつま》を合わせればいいだけのこと。

深く考えたりすると嵌る。

理解できずにすごすご引き下がるならまだいい。寄り添い相手を理解してしまえば、今度は刑事の仕事に嫌気が差す。事実、阿比留はそのようにして警察を去った同僚を何人も見てきた。ゆえにそうした悩みを持つことはなく――それはいつしか自負にすらなっていた。刑事とはそういうものだと。

目の前を定期バスが通りすぎていった。阿比留は何気なくバス停のほうを見やり、そこに目当ての姿を見つけた。喪服姿の佐藤の隣にもうひとり、昨日、ブックセル東遠海店へ赴《おもむ》いた際に出会った新村がいた。

気付いた新村が不審気な会釈を寄越《よこ》したのを機に、阿比留は声をかけた。

「こんばんは」

「……どうも」

「蛎塚さんは、多くの人に慕《した》われていたようですね」

新村の不審はみるみる敵意に変わっていった。短気なのだろう。阿比留は視線を合わせず、その背後で放心に近い顔でいる佐藤を見た。

それでと硬い声で新村が言う。一体なんの用ですか。

「弔問に来たんですよ。決まっているでしょう。ほかに何があるというんです」

「………」

「ああ、引き留めるつもりはないんです。どうぞ」

阿比留は道を開けて二人を通し、数歩離れた時、そうだと声をかけた。佐藤さん。

「弔問が終わったあとで時間をいただけますか。五分ほどで結構ですから」

「――はい」

二人の姿が斎場に消えた時、マナーモードにしていた携帯が震えた。松代からだった。出てみると開口一番、やばいことになりましたと声が聞こえた。

「有田亜衣子が病室で自殺を図ったそうです。窓硝子を割って三階から身を投げたとか」

「……状態は？」

「意識不明の重体だそうですが、命は助かる見込みだと。ただ、児童虐待の件について尋ねた時のことらしくて」

「目の前でやられたってのか。――下手打ちやがって」

「やばいですね。もしマスコミにバレたら」

「間違いなくバレるさ。被害者の母親を犯人扱いして自殺に追い込んだってな」

「どうします」

「気にしてもしょうがない。責任は本部長持ちだ。ビデオはどうだった？」

「マンションの住人に関しては、すべて本人の確認が取れました。確認がまだなのは宅配便とピザ屋の配達だけです。ただ、どちらも五分と経たずにマンションを出ているんですよね。いちおうは当たってみますが――」

「頼んだ」

通話を切り煙草を一本灰にしたところで、二人が斎場から出てきた。

お待たせしましたと言う佐藤に頷いて、阿比留は新村を見た。容疑者の同僚は権力の横暴から仲間を護ることを使命と心得た顔付きで、立ち去る気はないらしい。

咳払いをひとつして阿比留は佐藤に尋ねた。

「一昨日のことなんですが、蛎塚さんのマンションを訪れる前、具体的には五時ごろからあとの時間、佐藤さんはどこにいましたか」

相手は憔悴《しょうすい》した顔をふと綻《ほころ》ばせ、そうかと頷いた。

「僕は疑われていたんでしたっけ」

「関係者全員に尋ねていることですから」

「待ち伏せしといてそんな台詞は通りませんよ」

阿比留は肩を竦《すく》めた。驚いたなあと佐藤は言う。

「警察に疑われるのなんて初めてですよ」

「——どこにいたんです？」

「五時と言いましたよね。……ええと、地元のレンタルビデオ店で時間を潰してましたよ。五時半ごろから、多分、六時くらいまでかな。電車の時間から逆算するとそうなります。結局何も借りなかったんですけど——でも、そう。会員カードを作ったんで、ひょっとしたら店員は覚えてくれてるかもしれません。聞いてみて下さい」

「どんな店員でしたか」

「ちょっと覚えてません」

店の名前と場所を書きとめ、そうそうと阿比留は言った。

「水曜の夜中、外出されましたか？」

「いいえ。別に」

「電話をかけても出なかったので」

「はは。下手なかまかけですね。あの日は休みの連絡をこいつにしたあと、電話線を抜いてぐーすか寝てましたよ。誰とも話したくなかったんで」

そこで不意に佐藤は疲れた表情を見せ、動機なんですけどと低い声で呟いた。

「はい？」

「動機ですよ。犯人の動機、目星付きましたか」

そんな問いは予想しておらず、阿比留はとっさに答えられなかった。佐藤は続けた。

「とにかくそれが知りたくて。――あの、殺された女の子、有田智世ちゃんって言いましたっけ？　あの子は蛎塚専務のお子さんなんですよね」

「そのようですね」

「どうして殺したのかなあ。子供を殺すってよっぽどですよね。子供って、まあ、うるさいことはうるさいですけど、殺すほど邪魔になることもないでしょう」

なんでだろうと呟き、視線を斎場へ向けると、そこで佐藤はまったく自然にふらついた。新村に肩を取られて立ち直りつつ、そこがねと首を傾げた。

「僕の中でよく判らなくて。……警察は、どう見てるんですか」

「捜査中です」

「予想どおりのことしか言わないんですね」

彼は、もう行ってもいいですかと尋ね、返事を待たずバス停へ歩き出した。刑事を睨む新村が二秒遅れでそのあとを追う。

残された阿比留は額を掻いて俯いた。

妙な匂いを嗅いだ気がしたが、正体が掴めない。何か途轍《とてつ》もない勘違いをしているようで、事情聴取の隙に投身を図ったという有田亜衣子のことが脳裏を過ぎりもする。

ひょっとして、佐藤はシロなのか？

そう、その時初めて阿比留は考えた。

コラム④ 佐藤誠 その思想と手法

佐藤誠の犯罪が露見しなかった理由が、殺人に伴う諸々の始末が徹底されていた点にあることは何度も述べた。単なる事実であるその点に疑う余地はないし、それのみで彼は稀代《きだい》の殺人鬼と呼ばれるにふさわしくもあるだろう。

だが、それゆえ忘れられがちなこともある。

佐藤誠の演技力——事件が露見しても、それとの無関係を信じさせる振る舞いがそうだ。とぼけぶりの見事さと言うべきかもしれない。

通常、殺人犯は犯行後に冷静を失い、そのためのちの行動で犯行が知れたり、時に自首へと至りもする。それは衝動的犯罪だけでなく、計画的犯罪のうちにも見られる傾向だ。猟奇殺人鬼と呼ばれる者たちですら、行為の前後で怒りや安堵《あんど》を得て、外から判る変化を伴うのが普通である。

しかし佐藤誠は犯罪と同様、犯行後の振る舞いも完璧に律していた。

罪を認め、刑の執行を受けた現在でさえ、当時の彼を知るひとびとの中にその罪を疑っている者が珍しくないのには、第一にそうした理由があるのだろう。

彼の演技力を支えていたのが殺人を簡単に選ぶ思想であることは論を俟《ま》たないところだが、ではその思想を裏打ちしていたものとは一体なんだろうか。

それは死の軽視だ、というのが筆者の考えである。

死んだ命は還らない。死とは時と並んで、生物の身近にあり続ける不可逆な機構だ。決して還らないがゆえに殺人者に償《つぐな》う方法はなく、であれば罪を直視することに意味もなく、それゆえに罪を相手にしない。――死の軽視はこうした見方を肯定する。

被害者の人格を全否定する思想だが、被害者が死亡して反論が得られない殺人という犯罪においては、その単純さがむしろ強度となる。

記録に残る佐藤誠の言葉の端々にもそうした思想は滲《にじ》んでいる。罪に囚われることを、佐藤は殺人者の道に悖《もと》ると考えていた節すらあるのだ。それを踏まえてその殺人作法を眺めると、三つの段階に分解して説明することができる。

すなわち、殺人の以前、最中、以後だ。

殺人以前では、殺人を手段としてしか捉えない思想が冷静さを保たせ、計画の万全を助け、また動機の不明性を高めた。殺人の最中では、彼自身の経験と技術が作業の迅速《じんそく》化を助け、徹底した屍体隠蔽を実現させた。殺人以後では、罪を眺めず手にも取らない実存主義が罪悪感を消し、滑《なめ》らかな嘘を吐くことを自然にさせた。

またそれらすべてを佐藤誠自身の立場に由来する不安定性が包み、有象無象《うぞうむぞう》の森へ覆い隠した――といった次第である。

組織は組織からはみ出た者を相手にする時に最大の力を発揮する。

ゆえに組織に溶けたまま動く者の相手は苦手とする。

佐藤誠は、世界というこの世で最も大きい組織に溶けた殺人者だった。警察がその相手とするには、あまりにカテゴリエラーな存在だったのだ。のちに佐藤誠逮捕のきっかけを作る者のことを思うまでもなく、逮捕以前の彼に最も近付いた刑事が阿比留のような男だったということも、だから偶然ではなく必然なのだろう。

その特異さが、追う者すら選別する。

佐藤誠とはそうした犯罪者だった。

第5章　迷宮

臨時の店長会は暗い雰囲気のうちに始まった。

無理もなかった。参加した全員が、午前中は蛎塚諒一の告別式に出ていたのだ。日を改めてという意見が出なかったのは、事態収拾を急がなければならないという危機感が誰の胸にもあったからだろう。暗い空気の中、それでも参加者に保たれた真剣味からさまざまな方針が素速く決定され、会合は午後四時すぎに終わった。

その帰路のことである。

「社長、元気なかったなあ」

駅のホームで佐藤誠はそう呟いた。視線は目の前、ビルの外壁にでかでかと掲げられた泌《ひ》尿器科《にょうきか》の看板に向けられていたが、何も見ていないのは明白だった。

隣に並ぶ新村はそっと同僚の顔を見返した。

「……滅茶苦茶テンション高かったじゃないか」

「あれは自棄《やけ》だよ。義務感で気力を奮い立たせてるんだ。専務が死んで社長まで駄目になったらいよいよブックセルは終わりだろ。それが判ってるから無理してさあ。——周りもそう。みんな、今沈んだら終わりだって判ってるから」

「それは……確かに感じたけど」

「やっぱり戦友だったんだよ」

専務はさと付け加え、佐藤はそれ以上を語らない。新村も察して頷かず、ただ電車到着のアナウンスに重ねて、それでもと言った。

「何だろうがまとまったのは確かだろ。会社を立て直すチャンスではあるさ」

「だね。これで会社が潰れたら、専務が死んだ甲斐がない」

「そんなふうに考えるのもどうかと思うけどな」

そこで疲れを堪えきれないというふうに佐藤は呟いた。どうして——

「専務は——」

電車がホームに滑り込んできて、新村は残りの言葉を聞き逃した。問い直せば、佐藤は電車に乗りながら首を振る。意味なんてないかと。

「何がだ」

「事件を考えてみるなんてことがさ。そんなの警察に任せておけばいいんだ」

「どうかな。警察も頼りにならなさそうだ。お前を疑うくらいバカなんだから」

通夜での一件を思い出して言うと、佐藤は閉まったドアの窓に乾いた笑いをぶつけ、しょうがないさと応える。しょうがない？　ああ。当たり前のことなんだ。

「発見者を疑うのはイロハさ。むしろ当日に疑わなかったことが気遣いだろ」

「――お前、変なところで人がいいよな」

「そっちこそ。僕が蛎塚専務を殺したのかもとは少しも考えてないみたいじゃないか」

ははっと新村は笑った。佐藤は笑わなかった。笑いをそっと収めて新村は言った。

「専務はお前の恩人だろ」

「まあね。でも警察は恩があるってことも繋がりのひとつと数えるし、繋がりがあったなら、周りには知られない恨みがあったかもって考えるものだよ」

「下衆《げす》の勘繰りだな」

「それが仕事なんだ」

「やけに肩を持つじゃないかよ」

「……昔、僕、刑事になりたかったんだよなあ」

「そうなのか？」

「子供のころ、西部警察の再放送やってたじゃんか」

「渡哲也《わたりてつや》がショットガンぶっぱなすヤツだな」

「そうそう。それの影響だろうね。いや、実際にあんなのが刑事だって思ってたわけじゃないけど。結構長いこと、そうだなあ、高校生の時も将来は警察官になりたいなあって考えるくらいには、夢だったんだよ」

「格好良く見えたのか」

どうかなと佐藤は俯く。掌を眺め、そういうんじゃなくと続けた。

「ルールが簡単そうに見えたんだろうね」

「ルール。……法律のことか」

「それもそうだし、まあ大きく言えば正義かなあ。そういうボーダーが刑事になればはっきり判って簡単に生きられるんだ、みたいな想いがあったんだと思うけど」

「どうしてならなかったんだよ」

「高校の時にね、ちょっと近くで刑事の仕事を見る機会があったんだけど、僕が思ってたようなことはないんだって判っちゃってさ」

「刑事がルールを護ってなかったってのか？」

それも違うと、佐藤ははっきり否定した。

「それならそれで、その人が間違ってるって思えば済む話だろ。熱血主人公ばりに否定すれば夢を捨てずにいられた。——そうじゃなくて、僕が見た刑事は、護るべきルールも見えていたし、護ることの意味も判ってたんだけど、それより大事なものを自分の中に持ってたんだよ。その人独自のルールというかね、刑事って仕事より先にそれがまずあって、たまたまそれが法とも重なっていたから刑事になったって感じだったんだ。で、多分そういうのが本当なんだろうなあって思ってさ」

「素質ってやつか」

「そうなのかな。とにかく世界に用意されたルールなんて大したものではないというか、個人には護りきれないものだって思ったんだ。ルールは自分が持っているものと重なって初めて護れるようになる。──考えたらそんなのは当たり前なんだよ。学校の勉強だって頷けない授業内容はテストまでしか覚えていられなかったし、逆に、理屈まで理解できたことならずっと覚えていられる。それと一緒でさ。仕事は、好き嫌いじゃなく、憧《あこが》れとかも忘れて、自分のルールと重なるところのあるものを選ぶべきだって考えたわけさ」

「刑事はお前のルールと重ならなかったのか」

佐藤は頷き、少し考える素振りを見せ、もっと深く頷いた。そうなんだよ。

「僕の性根というか、変えられない性分はさ、悩むとかなり早い段階で、法に触れることを嫌がる判断を放棄するんだ」

「誰だってそうだろ。車運転すれば速度超過や信号無視くらい平気でやる。万引きだって俺らにとっちゃ日常だ。そんなんで夢を諦めるなんて潔癖《けっぺき》すぎだ」

言いながらむきになっている自分に気付き、新村は照れ隠しに額をこすった。

まあねと佐藤は応え、ただと続けた。

「僕のはそれとはまた違う感じなんだけど。夢だからこそ真剣にありたかったって言うか、その時高校生だからね、今よりずっと可能性に対して真摯《しんし》だったんだろうなあ。理屈は理屈として、ほかも当たってみないのは逃げだ、みたいに思っちゃったんだよ」

「それは――判るけど」

似たようなことは自分にもあったと新村は思う。もう昔のこと、まだ十代だったころの話だ。一体、あのころ俺は何になりたかったんだろう。いや、そもそもなりたいものなんてあっただろうか。実は何にもなりたくなかったんじゃないのか。だからとりあえず進学して、流れで本屋に就職してみて――

おかげでさと佐藤は笑った。高校出てから八年もフリーターだよ。

「専務に拾われてなかったら今ごろはワーキングプアだね、きっと」

「……それで良かったのか？」

「え、何が」

「本屋を仕事に選んでさ。自分のルールは書店員の仕事と重なってたのかよ」

「これがね、新村、これが……意外に重なってたんだよ」

本当に意外そうな顔で同僚は何度も頷く。

「なんだろ。別に本が好きってわけでもないんだけど、基本的に待ちな姿勢とか、罠を仕かけるみたいにフェアを組むとことか、常連から問われる前に仕入れておく、みたいなつまんない駆け引きに頭絞る感じが、悪くなかったんだよ」

「なら良かったじゃないか」

「うん。天職だなって思えてきててさ。だから余計にここへ来てこ、ん、な、こ、と、になって、巧くできてるって言ったら不謹慎だけど、運命が収支合わせにきた感じがしてさ。真剣に考えて動かないと、やっぱ人間は駄目なんだよなあ」

佐藤の言葉を聞きながら、新村は自分の気付きへと尋ねていた。俺はどうだろう。書店員は性に合っているのか。そう問えば、合う仕事なんてない。合わせるしかない。学生生活終わりの年、そうした言葉に頷いていた自分が記憶の中で笑い出す。

ふと佐藤は首を傾げ、どうしてこんな話になったんだっけと呟いた。昔、刑事になりたかったってお前が言ったからだろ。ああそうか、育のせいだ。

「いくる？」

「店に来る中学生がいるだろ。彼女、進路に悩んでるらしくてね。どうして本屋になったんだって訊かれたもんだから。専務のこともあって、最近、社員になってみろって誘われた時のことをよく思い出すんだよ」

きっとそのせいだと呟き、佐藤はこめかみを指で弾く。その表情が真剣で、悩みついでに万引きなんてたまったものじゃないという言葉を新村は遠慮した。レールの継ぎ目が生む揺れに、喋ることを億劫《おっくう》に思わせられたせいもあった。

なんかおかしいなと呟き、佐藤はくすくす笑う。何がさと新村は尋ねた。

「振り返って、懐かしく思えるものがあるってことがさ」

「そうか？　俺はそんなことばっかりだ」

いつも過去と未来を比べているような気がする。

そう思い新村は、そこかと頷いた。俺とこいつが違うところは。

だがもう嫉妬はなかった。違うのは当たり前。立ち位置が同じと判っていれば仲間だ。今日の告別式とそれがまとめさせた臨時の店長会を経て、彼はそう思えるようになっていた。

佐藤、と新村は友人を呼んだ。

「うん？」

「会社、なんとしてでも立ち直らせような」

真正面から同僚の顔を眺めて数秒、佐藤は張りのある声で頷いた。

「当然！」

二人の気概は見事報われた。今年中に潰れてしまうだろうと社員の大部分が予感していたブックセルは、次の次の冬まで持ちこたえたのだから。

◆

トライロック藤咲《ふじさき》店は遠海駅から三つ離れた駅の正面にあった。

硝子張りの外壁にはレンタルビデオ・ＤＶＤと描かれ、狭い入口がその隣にある。昼すぎのいちばん暑い時間帯、重たい熱気から逃れた阿比留は息を吐いて店内を見た。売場面積は百坪ほど。狭く感じるのは棚同士の間隔が詰められているためらしい。

平日の昼間だというのにレジには客が並び、二人の店員が応対している。それが引けるのを待ち、阿比留は店員に身分証を提示した。だが反応が鈍い。学生だろうか、長髪で痩《や》せた店員は興味なさそうに、なんでしょうと言う。

「店長を呼んでくれ」

「夕方からですよ出てくんのは。出直して下さい」

店員は返却されたビデオを抱えてレジを出ていった。動作はきびきびしている。仕事では有能なのかもしれない。阿比留はすぐさまもうひとりに話しかけた。背が低くどんくさそうな面構えだったが、尋ねるより先に、六時くらいですよと答えた。

「店長が出てくるのは。嘘じゃないです」

「疑ってるわけじゃない」

阿比留はカウンタに肘《ひじ》を乗せ、店員に顔を寄せる。

「殺人事件の捜査なんだ」

だが店員は胡散《うさん》臭そうな眼を向けただけで、すぐ店内に視線を戻してしまう。万引き犯でも探しているのだろう。そこで阿比留は、棚の配置がレジを中心とし放射状になっていることに気が付いた。刑務所と同じ思想だ。

「仕事中なんです」

「こっちだってそうだ」

店員はあからさまに嫌な顔をし、面と向かって阿比留の所属を尋ねてきた。仕方なく答えると、カウンタの下からタウンページを取り出してめくり始める。

「県警の電話番号なら――」

「いいです。こっちで調べますから」

店員は目の前で県警に電話をかけ、出た人間といい勝負だろう無愛想な喋りで阿比留の身分と外見を確認し、しまいには相手と話してみてくれと言って受話器を寄越した。

通話相手は後輩の刑事だった。

「どういうことですか。身元確認に電話寄越すなんて」

「振り込め詐欺対策だな。ゆきすぎた匿名社会の現れってやつだろう」

「二課が聞いたらもらい泣きしますよ。横柄《おうへい》な態度に出たんじゃないですか？　今の若いのは警察怖がったりしませんからね。態度だけ威圧的にして、言葉では下手に出るのがコツですよ。そっちのほうが効きます」

「覚えておく」

受話器を戻すとようやく店員は納得したようだった。

「何が訊きたいんですか」

「水曜の五時半から六時ごろ、佐藤誠という男が来店しているはずだ。確認してほしい」

「ビデオをレンタルしたんですか」

「いや。会員カードを作っただけらしい。その時働いていた従業員に話が聞ければ――」

「水曜てことは二十八日ですね。出てたのは僕です。僕ですけどね。判るかなあ」

「写真がある」

阿比留は防犯カメラの映像から起こした佐藤誠の写真を取り出した。白黒で画像も粗《あら》いが、顔の判別はできる。店員はそれを眺めて、うーんと唸った。

「いたような気もしますけどね。よく判らないな。客の顔なんてしっかり見ませんから。それが礼儀なんです」

阿比留は店内を眺めて頷いた。スペースの三分の一がアダルトエリアになっている。店員はレジのディスプレイを眺め、自信なさげに言い足した。

「会員カードを作っているなら、こいつに記録が残ってるはずですけどね。ただ、部外者には見せられないんです」

阿比留はカウンタに身を乗り出し、真っ向から睨みを利かせた。

「殺人事件の捜査なんだよ。ひとりの男が容疑者になるかならないかって時に、そっちの下らない規則に付き合っている暇はねえ！」

「下らなくても契約事項ですから」

むうと機嫌悪く言い放ち、店員は再び受話器を取った。

「とりあえず店長に確認してみます」

結局、店長に連絡が付いたのはそれから三十分後のことだった。捜査には当然協力するが、無条件な情報の開示はできないと言う。

「なので、刑事さんの質問に答える形で協力します」

「もう質問は言った。水曜の五時半すぎ、佐藤誠が来店したかどうかだ」

店員は手元のキーボードを叩き、ディスプレイに人差し指を突きつけて頷いた。

「確かにいますね。午後五時五十三分、サトウマコト。……会員カードを作ってます。これ、僕が受けてるなあ」

「年齢は？」

「二十六歳男……あぁ、ぼやっと覚えてますよ。痩せてて雰囲気のない人でしたけど」

阿比留は店内を見回した。天井の隅に防犯カメラがあった。

「映像記録は残ってないのか」

「あれはダミーです。……そうだ、確かこの人、長いこと棚を眺めてたんですよ」

「カードを作る前に？」

「はい。まあ品揃えが悪い店のカードなんて邪魔になるだけですからね。そう、カードを作ったあともちょっと眺めてて、結局何も借りなかったんですけど」

「どれくらいここにいた？」

「三十分かそこらだと思いますよ」

「なら五時半から六時ごろまでいたことになるな。確かに本人だったのか」

「確かかどうかは判りませんけど、会員カード作る時には免許証の写真と実物を見比べますからね。免許証が偽物でもない限り、本人ですよ」

阿比留は頷き、何気なく店の入口へ眼をやり、驚き顔を作ってみせた。釣られた店員がそちらを向いた隙に身を乗り出し、カウンタのディスプレイを覗き込む。テキストが並んでいるそこに、サトウマコト、二十六歳男という表示があった。

気付いた店員は慌ててその画面を消すと、憮然《ぶぜん》として言った。

「もういいでしょう。営業妨害はこれくらいで」

駐車場に突っ込んでおいたカローラのエンジンをかけて冷房が効いてくるまでのあいだ、日陰で休みながら阿比留は考えた。

佐藤はやはりシロなのか。

データと店員の証言を信用し、時間に幅を取ったとしても、彼の犯行は難しそうだ。

二つの死亡推定時刻から、犯人は午後五時台に遠海駅周辺にいた計算になる。だがビデオ店のある駅から遠海駅までは三駅、所要時間は、電車の待ち時間を無視しても十五分ほど。さらには、駅から現場まで移動するのにも時間がかかる。午後五時半から六時ごろまでビデオ店にいたという佐藤誠に犯行は不可能だ。

電車を使わなかったとしたらどうか。

ここから遠海駅までは直線距離で八キロ弱。道を辿れば十キロは超えるだろう。市街地には信号も多い。夕方は渋滞する。まして事件時は雨が降っていた。車では三十分以上かかるに違いない。オートバイを使えばそのあたりは解決する。飛ばせば有田智世の屍体があったアパートから十分ほどでビデオ店に来ることも可能だろうが――

どうあれ蛎塚諒一の殺害には間に合わない。蛎塚が殺されただろう時間帯、佐藤はビデオ店の棚を眺めていたはずなのだ。

二つの屍体の死因が同一の凶器による以上、二つの事件の犯人も同一と考えられる。ということは必然的に、佐藤誠は犯人であるはずはない。

「――どうなってんだ」

冷房の効いてきたカローラに乗り込み、阿比留は得た情報を整理し直す。

通夜の席で佐藤と会った時に抱いた、疑う相手を間違っているのかもしれないという予感をビデオ店の店員は裏付けてくれた。どうしても彼を犯人にしたいのであれば、その店員までグルだとか、データが改竄された可能性を疑うしかない。だがそこまでの疑いは阿比留にはなかった。勘も、店員は正直に答えたと告げている。

佐藤が犯人だとして、店員の証言が正しいのだとしたら、時間か距離のどちらかをごまかす方法がなければならない。

法医学を信じれば、犯行時間と殺害現場は動かない。午後五時台、犯人は遠海駅の周辺にいて、三十分ほどの間を空けて二人を殺したことになる。だが佐藤誠は、五時半から六時すぎまで遠海駅から離れたビデオ店にいたという。

人は異なる場所へ同時に存在することはできない。アリバイの根を支える原理だ。

だが、そう見せかけることはできる。

手品師が虚空から物を取り出すように、トリックを利用して。すぐ思い付くのは偽造免許証を持たせた他人にビデオ店に行ってもらう手だ。午後五時五十三分の会員カード作成は、アリバイとして絶妙すぎる。シナリオどおりだったのかもしれない。

だがなぜそんな回りくどいことをしたのか。

共犯がいたなら、犯行時刻に一緒にいたと証言してもらったほうがずっと簡単だ。店員に共犯者の写真を見せただけで崩れるかもしれないアリバイより確実でもある。

あくまで佐藤の単独犯行と考えるのなら——

車を出しながら、阿比留はちかちか瞬《またた》くものを脳裏に見た。一昨日あたりから囁くように現れ、けれど今までずっと無視してきた問いだった。なぜ——

なぜ屍体の首は切られていたのか。

外連味《けれんみ》に溢れた問いは、佐藤の犯行と親和性があるようにも思えてくる。首切りの理由が判れば、やつがどう事件に関わるのかが判るのかもしれないと。

阿比留の勘は正鵠《せいこく》を射《い》ていた。

◆

バイトの最中、時野は首切りの謎を考えていた。

遠海首切り殺人と名付けられたそれはワイドショウのネタとして連日取り上げられ、ネットの匿名掲示板や無数のブログを賑わわせていた。時代の流れか、事件の謎を考えるより思想を語る種として使われているのが気に入らなかったが、それでも首がどのように切断されていたかなどの情報は得ることができた。

もちろん、時野には首切りを謎として捉える義務などない。

それどころか、じきに警察が犯人を捕まえて事件は決着してしまうのだろうと予感してもいる。そうした若い本読みにありがちな皮肉は彼の場合、常に的外れだったが、それにより被《こうむ》る実害もなく、だからこそ早く謎を解かないといけないというふうに思考は流れていた。

でなくとも土曜日。週休二日制を謳歌《おうか》する彼は長いバイトのあいだ、接客も上の空で事件の謎を考えることができたのだ。

嘯《うそぶ》ける程度に名探偵を希望する彼にとって至福の時は、けれど午後四時すぎ、唐突に現れた水谷によって破られた。

「何ぼけっとしてんの」

「魅力的な謎を考えてたんだよ。退屈な日常を押し流してくれる」

「……くびき、り？」

ほかにないだろと言う彼へ、同意しかねるというように彼女は首を傾げる。いつもの無表情で続けられたのは、やはりいつもの問いだった。

「佐藤さんは？」

「今日は専務の告別式と店長会。じきに戻るって連絡がさっきあったけど」

「なら待ってる」

「ご自由に。……なんか今日、雰囲気違うかい？　女の子らしい格好じゃないか」

オレンジのワンピースミニという服装に、一昨日まで伸ばしていた髪がショートになっていた。今までの性別不詳な服装とは違う。

「珍しいって言えばいいだろ」

「それで微笑んでたら、そう言ったかもしれないけど」

彼女はふうんと気もなく応え、それでさと続けた。どうなの。どうって？

「くびきりのこと考えてたんでしょ。面白い推理とか思い付いたりしてないの」

避けていた話題を向こうから振ってきたことに驚きながら、時野はそれらしく見えるよう腕を組み、そうだなあと言った。

「考えてはいるけど、情報が少ないから全部想像になる。それでもいいなら語るけど?」

「いいよ。暇潰しだもの」

「はっきり言うな」

「そっちだってそうでしょう」

時野は店内を見る。客足は少し前から途絶えていた。早くと急《せ》かされて頷いた。

「こないだ説明した首切りの理由。いくつ喋ったっけ」

「首だけを何かに使いたかった。切断面を見せつけたかった、それと、首を切ることで状況を操作しようとして、で三つ」

さらりと答えられて時野は驚いた。はなから返答など期待していなかったのだ。案外にこいつ、頭はいいのかもしれないと思う。

「そこに足す可能性はない。ないって言うか思い浮かばない。それとも何かあるかい」

「別に」

「そう。それじゃこの推理を抽象化するけど――」

「ちゅうしょうか？」

「概念を取り出して、式に入れて考えられるようにするのさ。三つの可能性はそれぞれ、状況の要素に注目した推理と見ることができる。切断したことで変わったものと、切断したことで生まれたものと、切断したということ、という三つに」

「……全然わかんない」

「判りやすく言うと——屍体はそのままで屍体だろ？　つまり屍体は、切断されたことで二つの屍体になったんだ。一方で首の切断面は、切断されたことで生まれたものだ。それまではなかった、という意味だけど」

「切断したということ、っていうのは？」

「行為そのもののことだよ。普通は理由には勘定しないけど、首を切るっていうのはそれ自体が珍しいことだから、要素のひとつとして数えられるわけだ」

「いつもは数えちゃいけないの」

「いけなくはないけれど、ほかの二つと並べるものじゃない。スケールが違うんだ。別枠で考えるべきことと言えばいいのかな。だから逆に、ここを真剣に考えるのが本当じゃないかって思ってんだけどね。——俺はみすてりまにあだから、どうしても切断したことで生まれたもの、変わったものに注目してしまうけど、現実に起こった事件なら一歩引いた見方をしなくちゃいけない」

のかもしれない、と時野は煮え切らない言葉を繋げた。

その裏には、事件について詳細な情報を得られない立場から来る具体的な推理の放棄というからくりがあったのだが、時野はそこまでは語らなかった。彼はとても健全な本読みであり、メタフィクションが大嫌いだったのだ。

「切断自体が事件にもたらした結果って、なんだと思う」

水谷はそっと俯いた。返答がないので考えているのだと判る。

しばらくして、話題？と答えた。

「テレビで取り上げられるようになったこととか――」

「そう。切断したことでいちばん大きな変化はそれだろ。それは切断する前に予想できたはずだ。犯人は話題になると判っていながら首を切ってるんだよ」

「目立ちたかったってわけ」

「いや、それならもっと色々やるはずだろ。生首に挑戦状をくわえさせておくとかさ。そうしたことはしていない。いや、してるのかもしれないけど、報道はされてない。細工していたとしても、警察が世間に隠せる程度のものしかないってことだ。その気になればもっと派手な飾りだって施《ほどこ》せたはずなのに、そうはしてない」

水谷はしばらく黙り、自信なさそうに言った。

「話題にはしたかったけど、目立ちたくはなかったっていうの？」

「というかね、どう言ったらいいかなあ。……屍体に細工するってことは、犯人にとっては一大事、それ自体が目的になっているかもしれない行いだけれど、警察にとってはそんなことおかまいなし、ただの証拠だろ。犯人にとっては、やればやるほど手がかりを増やして、捕まる可能性を高めてしまう」

「それなら首を切るのだって――」

「そう。やらないで済むならやらないほうがいい」

「じゃあ、犯人は捕まりたかったっていうの？」

「それもまた定番の結論だけど、それなら署名でも残せばいい。――犯人は首の切断を必要とした。というか、切断しか要らなかったんだろう。それだけで充分だったんだ」

「充分って、何が？」

「あくまで勝手な推理だけど、それは多分――」

言葉はドアの開く気配に遮られた。時野は反射的にいらっしゃいませと声を出す。嫌味にならない程度に低く、万引き犯に懸念させる程度にははっきりと。

入ってきたのは新村と佐藤だった。ともに喪服姿で、法事の空気を漂わせている。

塩が欲しいなと思う時野に、新村がお疲れと言った。

「早かったすね。直帰かと思ってたすよ」

「みんなの士気が高くてな。会はすぐに終わったんだよ。逝《い》った専務の人徳だ」

そう言うと新村はさっさと事務所へ消えた。その場に残った佐藤は時野と水谷を等分に見やり、御苦労様と言う。

「苦労と言うほどお客も来てないすけどね」

「なら、なおのこと疲れたろ」

彼はそう言うと、水谷に視線を移して笑いかけた。

「可愛らしい格好もできるんじゃないか。――ふらつくのに飽きたのかい」

「そんなとこ」

うんうんと頷き、佐藤は時野に向き直った。

「悪いけど今日はこれで上がるよ。あとは新村に任せてあるから、よろしく」

「あ、はい。お疲れさまでしたー」

佐藤は店を出てゆき、そのあとを水谷が追って消える。

その店長の背中がなぜか淡《あわ》く見え、首を傾げると、ふとさっきまで自分が展開しようとしていた推理に思い至り、時野は背筋へ冷たいものを感じた。――まさかね。

まさか店長がやったなんてこと、ないよな。

時野の推測は正しかったが、彼がそれを知ることは遂《つい》になかった。

◆

「なりたいものは見つかったのかい」

店を出て駅までの道を歩きながら、振り向かずに足も止めずに佐藤は問う。心を見透かされた気がして、水谷は、ううんと正直に首を振った。

「そんな簡単に見つからないよ」

「そうだね。僕だって二十代も半分をすぎてようやく見つけられた。それでも――」

佐藤は立ち止まって夕日を眺め、それでもと繰り返した。うん。

「見つからないことは拗《す》ねる理由にならない。それさえ判ってれば、どれだけミスしても、何回恥をかいても、どんな罪を犯したって次がある」

なんてねと付け加えて彼は歩き出した。負け犬の遠吠えだけど実感だ、と。

「頷けないにしても、覚えておくといざという時に心強いぞ」

水谷は全身にざわつきを感じた。数歩駆けて佐藤の正面に回り込む。そしてその、唇には薄い笑いが浮かんでいるのに、くたびれて虚ろな瞳を覗き込んだ。

「ん？　どうかしたかい」

「仕事、辞めんの？」

佐藤が見せた驚き顔はすぐに苦笑で覆われた。どうしてさと返され、彼女は、大した理由もないまま そんなことを言ってしまった自分を見つけた。

「……そんな感じがしたんだよ」

「そんな感じがしたかあ。いや、辞めないよ。辞めるわけはないさ。会社が潰れない限りはね。やっと見つけた天職なんだ」

「天職」

「そう。積極的に望んで得た仕事じゃないから、胸を張れたものじゃないにしても」

「真剣にできるなら始まりはどうだっていいって？　こないだそんなこと言ってたよね」

「そうそう。人の縁《えにし》もそうバカにしたもんじゃない」

出会った相手に人生を導かれる。世界に溢れている思想だ。

運命という言葉で何もかも綴じ込み、リボンをかけて陳列されたストーリーが、けれど水谷は大嫌いだった。なのに今、そうした物語への嫌悪なんて思いもよらないのは——出会って良かったと思える相手がそこにいたからか。

それともっと積極的に、運命を信じたかったからか。

「たとえどんなにひどい人間だろうと、それだけでその出会いに得るものがないと決めつけることはない」

やけに神妙な顔で佐藤は呟いた。独り言のようでもあった。

「……あたしのことを言ってんの？」

「僕のことだよ」

「佐藤さんはひどい人なわけ？」

佐藤はぽかんとし、さっきより加減なく笑った。ほとんど高笑いだった。車ばかり多く人通りは少ないが、それでも向かいの歩道を歩く高校生カップルがおっかなびっくり視線を向けてきた。オレンジのワンピースミニと喪服の二人連れはどんなふうに見えるのだろう。水谷は一瞬考え、慌てて注意を佐藤に戻した。

彼は笑いを収め、小刻みに頷いていた。

「そういう理解でも間違っちゃいない」

「どういうこと？」

「僕はひどい人間だってことだよ。深読みは……してもらいたくないなあ」

「わけわかんない」

「判られたら僕が困る。きっと、育もね」

「あたしが？」

佐藤は答えず歩き続ける。そうして着いた駅の改札でＳｕｉｃａを取り出しながら、何かを思い出そうとするみたいに頭を捻り、言った。

「今日を疎《おろそ》かにするような思想には気をつけろよ」

「――何、急に。オヤジみたい」

「予防線を張ってるだけさ」

「やっぱ少しおかしいね」

自分でもそう思うと喪服の店長は言い、うんと頷いた。

「多分、これが恩師の死に触れるってことなんだ」

「なんかやだな。――死んじゃわないでよ」

「死なないよ。そういうふうにはできてない」

そして彼は改札の向こうへ消えた。

そんなものなのかな。思いながら水谷は踵《きびす》を返す。

うん、そんなものなのかもしれない。恩師と聞いて浮かぶ顔はなかった。教師の顔などひとつとして浮かばないし、親はまた別枠で考えるものだと思っている。

強いて言えば、佐藤さんがそうかな。もしあの人が死んだら、あたしもあんなふうになるかもしれない。らしくない素振りで、涙とか流したりして。

そうなったら世界を寒々しく感じるに違いない。今さっきの会話がその証拠だと思う。佐藤の言葉ひとつひとつが、水谷の耳には終わりの響きとして聞こえたのだ。

予感だけでそうなるのだから、実際に消えられたら――

――

駅舎の階段を降りたところで彼女は立ち止まった。周囲を見回す。

いくつかのビルが視界を遮っているが、その向こうは住宅地で、少し歩けば神社や田園も見えてくる街並みだ。土曜の夕刻、賑わいは雑踏へ耳を傾けられるほどにもない。いつも出ている大判焼《おおばんやき》の屋台も今日はなかった。上り電車を報せるアナウンスが遠い。

そんな景色の中、水谷はふと思ってしまった佐藤がいなくなるかもしれないという予感を拭《ぬぐ》うことができないでいた。

佐藤のことを、軽はずみな嘘を吐く人間だと思っていたわけではないのだけれど、いやむしろ、それだけに――

呟く。

「――大丈夫」

何が大丈夫なのかも判らないまま。

そうすれば言葉の響きだけで安心し、歩き出せる。なんと言っても彼女は十四歳。自分の世界だけで完結する理屈を信じられる年ごろだった。

もちろん水谷の予感は杞憂に終わった。翌日も翌月も、それどころか翌年まで佐藤はブックセル東遠海店の店長を務めたし、彼女はそこで高校受験のための過去問題集を買ったり、志望校の相談に乗ってもらったりしたのだ。

それでもその時の予感を忘れることはなかった。

折に触れて思い出すたび大丈夫と呟くようになり、そして、いつしかそれは彼女の口癖になっていた。だから翌々年の二月、ブックセルが潰れ、佐藤が姿を消した時も、水谷は起源の忘れられた呪文を自らに唱《とな》えて収まることができたのだ。

佐藤はいなくなり、なりたいものもまだ見つかってないけれど、大丈夫だと。

そのまま何事もなければ、佐藤誠は綺麗な思い出として彼女の中で生き続けただろう。

しかしそうはならなかった。

◆

捜査本部で缶コーヒー片手に阿比留がパレス遠海の見取図を見ていると、携帯に着信があった。出ると、どうだと雑に問われた。鑑識の吾妻だ。

「よくはないな」

「そうか。被害者の母親はシロらしいな」

阿比留は頷いた。有田智世の母——自殺を図った有田亜衣子は、犯行時刻、確かに店に出ていたと従業員や客が証言したのだった。捜査の本筋から外れていた彼は、それをついさっき聞かされたところだった。愉しそうに吾妻は続けた。

「本命は消えた。お前、穴を狙っていたよな」

「両天秤をかけられんのが組織の強味だからな」

「その組織の話だ。ちょいといいか」

声に忍ぶ響きを聞き、阿比留は捜査本部を見回した。捜査員が忙しく出入りしている。日も落ち、夜討ちの時間帯だ。かけ直すと言って通話を切り、署の屋上へ向かう。重たい扉を開けて出ると、外には湿った空気が満ちていた。昼間の晴天から引き続き風は凪《な》いでいる。

人影も見当たらなかった。阿比留は携帯を取り出した。

「いいぜ。それで？」

「どうもこっちの上がキナ臭い。情報操作の圧力があった。気付いていたか？」

「本部長指揮だからな。どんな圧力だ？」

「有田智世の検案書と鑑定書。小野が訂正――隠蔽を求められたと今になって言ってきた。事件が話題になっているせいで恐くなったんだろうな」

「人望があるやつは違うな」

「強面《こわもて》に出られてびびったんだろ。医者のくせに神経が細いんだよ」

「それで？」

「ああ。有田智世の膣部には慢性的な裂傷があったらしい。性的虐待の証拠だな。それをなかったことにしろって圧力だ」

どういうことだと阿比留は思う。無実の母親を自殺未遂に追い込んでしまった今、虐待の事実を示す証拠は公《おおやけ》になったほうがいいはずだ。それを隠す理由――

見当は付いたが、口に出したいものではなかった。

「あまり愉快な話じゃねえな」

「もうひとつ気になることがある。今日の昼、鑑識課のほうに公安部の連中が来て、遺留品リストを御丁寧に一時間も眺めていったんだ」

「どっちの現場だ。蛎塚諒一か。それとも有田智世」

「両方さ。それだけじゃない」

言おうかどうか迷う間があり、咳払いが重なった。辛抱強く阿比留は待ち続けた。

「現場でノートかメモ帳の類を見かけなかったか訊かれたよ。探るような口振りだったぜ。俺が気を利かせた可能性を考えたのかもしれない」

「ノート？」

返答を待たずに考える。ノートかメモ帳と言ったからには、具体的な形を知らないのだろう。つまり欲しかったのは何らかの情報を記したもの。公安が動いているからには、もしかしたら警察庁にまで関わる何か。

「面倒そうだな」

「そう言うと思ったよ」

「俺には目先のヤマだけで充分だ」

そうかと吾妻は言った。なら言うことはない。

「巧く立ち回れば一儲けできるかもしれないってことだけ伝えたかったんだ」

「そいつは悪かったな」

そこで阿比留は昼間の問いを思い出した。

「吾妻、例えばだが、何らかの工作で死亡推定時刻を遅らせることはできないか」

「無理だ」

「絶対に？」

「判らなくさせることはできる。白骨屍体なんかだと話はまた別だが、死んで数時間の屍体現象を遅らせるのは無理だ。小説なんかじゃそれを狙って屍体を冷やしたりするがな、それで遅らせられるのは消化酵素作用——これは屍体の腐敗はもちろん、胃の内容物の消化速度にも関わってくるが、その程度だ。死亡推定時刻はひとつのデータで出すわけじゃない。体温低下現象なんかは屍体を冷やした場合、むしろ早めてしまう」

「ちぐはぐな結果が出るわけか」

「そうだ。一律に全身を冷やしたとしても、それぞれの屍体現象への影響はばらばらだ。どうやってもおかしさは残るし、その場合、死亡推定時刻は不明としておくのが法医学者の誠実というものだ」

「お前の後輩の誠実はどうなんだ」

「臆病と慎重は紙一重だが、屍体相手なら立派な武器だよ。質問はそれだけか」

「首切りについて新たに判ったことはないか」

「ないな。過去の類似例と比べるたび、手際の良さに唸らされるばかりさ。人間味に欠けているおかげで想像も利かない」

そうかと頷くと、囚われるなよと鑑識課員は続けた。

「これだけ綺麗に切っているからには、犯人は行為自体に必然性を見ていないのかもしれない。工場の流れ作業のようにな」

「自動的だと言うのか」

「単純に考えるべきかもしれないってことさ。……阿比留、映画の殺人鬼がどうして首を切るか知ってるか？」

「観客が喜ぶからだろう」

「そうだ。頭が飛ぶ、血が噴き出る。演出的に派手だ。──その程度のことなのかもしれないぞ。劇場型犯罪ってのは受けを意識して行われるものだ」

「演出家気取りか」

「思想家気取りさ。伝えたい何かがあったんだろう。切ったやつは、作り物の殺人鬼ほども行為に情緒を覚えていやしない」

通話を終えて捜査本部へ戻ると、松代が息を切らして話しかけてきた。

「マンションの抜け道、見つかりましたよ。ピザ屋の証言を周辺住民に照らした時に判りました。二階の通路、非常階段へ出るドアのそばにある手すりが、ちょうど隣のアパートとの境にある塀より少し高いんですよ。厚みのある洒落《しゃれ》た造りの塀なんですが、間隔も一メートルないくらいで。そこへ上れば侵入は簡単にできるんです」

「やってみたのか」

「ええ。十メートルばかり塀の上を歩かなきゃいけませんが、足場は水平ですし、建物と建物のあいだで外から死角になってるんで、目撃される心配もありません」

「そうか」

これで防犯カメラに映らずマンションへ入る経路はクリアされた。解いてみればなんということもない。小学生が近道に使うような経路だ。

だがアリバイはまだだった。

感づいたのか、松代は興奮を収めて無表情になった。

「……浮かない顔ですね」

「佐藤誠にはアリバイがある」

「裏付けが取れたんですか」

阿比留はビデオ店での一件を話した。松代は口を開けてあぁと唸り、顔を顰めた。

「それ、鉄壁じゃありませんか。それとも替え玉の可能性が？」

「さてな。そこまで疑う情報はない」

「判らないな。佐藤誠が怪しいと言ったのは阿比留さんですよ」

「そうだな」

マンションへの侵入経路は明らかになった。アリバイもどうにかすれば崩せるかもしれない。だがそのために動く気がなくなっていた。

吾妻から聞いた、上層部の怪しげな動きのせいだ。

上が何を隠そうとしているのかは判らないし、判りたくもないが、殺しの真相を隠蔽しても構わないという思惑に捜査が汚されている事実はやる気を殺す。

何より気に入らないのは、自分たちになんの警告もないことだった。隠れた利害は、現場が熱心に殺人犯を追うぶんには支障もないほど大きいのだろう。阿比留は、それでいて上層部の圧力を松代へ報せる気がない自分の老婆心にも吐き気を覚えていた。

だから嘆息に諦めを封じ、勘違いはあるさと言った。

「佐藤誠はもういい。これ以上、時間を無駄にすることはない」

松代は上目遣いの睨みを寄越した。

「有田亜衣子のアリバイも固まったと聞きましたよ」

「だから余計にさ。初動で見つかった容疑者がどれも違った以上、事件は冷えた」

こっからは物量作戦だと言う。通り魔の可能性ですか？　その可能性も含んだ捜査だ。

「とりあえずは、現場周辺の聞き込みだ」

こうして彼は自分の疑いを放棄した。捜査陣の中で最も真相に近付いていた阿比留が佐藤への疑いを手放したこの時、捜査の停滞は決定付けられたと言っていいだろう。

時に、平成十八年七月一日。

佐藤誠の逮捕より遡って、二十九ヶ月前の出来事である。

コラム⑤　佐藤誠　その疑い

あるなしの議論はさておき、当局の名誉を慮《おもんぱか》れば、この時阿比留が疑いを持ち続けていたとしても、真相へ至る可能性は低かったと言わざるを得ない。

それほど事態には不明な点が多かった。首切りの理由とその方法に加え、結局のところ殺害動機すら捜査本部は見つけられなかったのだ。阿比留にしても、佐藤を疑いこそしたものの、動機に関しては推理を組み立てようとさえしなかった。

そのせいもあるのだろう。これより以後、警察は蛎塚諒一の交遊関係を探ると同時に、不特定多数を狙った理由なき犯行の可能性も視野に入れた大規模捜査を行うが、結果、有力な容疑者が現れたり新たな目撃証言が出ることはなく、事件から一年後、捜査本部は縮小——事実上の解散となってしまう。

事件の話題性を鑑《かんが》みれば、一年で捜査本部解散というのは早すぎる。

表向きは人材の適正活用が語られているが、ほかにも理由は考えられる。

ひとつ挙げられるのは、事件より半年後、有田亜衣子が自殺（投身自殺未遂より回復したのちの縊死《いし》であった）を遂げ、被害者の身内がいなくなってしまい、捜査員の士気が低下したというものだ。時に組織としての矜持《きょうじ》を必要以上に重視する彼らは決して認めないが、捜査員も人間であれば、報復原則の根拠となる遺族がいなくなった事件への熱意を保ちにくいということはあるだろう。

だが遠海事件の捜査が県警本部長指揮の下に行われたことを考えると、捜査本部解散の理由がそれだけではいかにも弱い。やはり、何らかの理由からこれ以上の捜査は得策ではないという判断があったと信じたくなる。

もちろん事件そのものの不可解さも理由ではあるだろう。ここまで不可解でなければ、事件隠蔽の力学が潜むこともできなかったはずだ。

屍体が異様な状態であるにもかかわらずこうした結末へと至ってしまう。

ここから、それほど彼の工作は徹底したものだったという結論を導くこともできる（それは端的に真実でもある）が、それはもう充分に述べた。

すでに事件の謎も提起されている以上、ここで筆者から付け加えるべきことはないが、謎を謎と捉えてしまった時点ですでに先入観が生んだ無理解に毒されているかもしれないとだけ、重ねて警告しておきたい。

偏見はあらゆる学問の敵だが、それらが人の感情に由来している以上（学問の存在そのものもまた人の好奇心という感情に由《よ》るため）、消し去ることはできず、付き合い、飼い慣らしてゆかねばならないものでもある。それに失敗すれば、すぐさま新たな偏見や無理解が際限なく生まれてしまう。

善悪や物語などを抜きに語りづらい犯罪において、そうした傾向はより顕著だ。ゆきすぎた理想主義との誹《そし》りを受けながら犯罪学者が研究対象を善悪から切り離して捉えるのも、そうした偏見を回避しようとするがゆえである。筆者は犯罪学を志《こころざ》しまだ数年だが、その短い年月のあいだでも、遺族の善なる感情が真実を駆逐する絵は幾度か目の当たりにし、そのたび初心を忘れないよう自らを戒《いまし》めてきた。

人が人を殺し、人が人を裁く以上、犯罪に関わるすべてには偏見が存在する。

私事で恐縮だが、筆者が犯罪学を生涯の職務と決めたのには、そうした痛切な理解を得てしまったがゆえでもある。なればこそ、である。

真実と寄り添いたければまず、自らの無理解と向き合わなくてはならない。

それを理解する者が現れなかったため、事件はこれより二年ものあいだ、進展もなく捨て置かれてしまったのだから。

第6章　自白

阿比留の元にその電話があったのは、平成二十一年が明け、初雪が降った日の夜のことだった。相手は警視庁刑事部捜査一課の沢木《さわき》と名乗り、単刀直入に尋ねてきた。

「佐藤誠をご記憶でしょうか」

「さとうまこと？」

よくある名前だとまず思った。なのにその響きはどこかに引っかかって芯のようなものを残し、脳裏にふわふわと漂い続けた。

相手は阿比留が思い出すのを待たずに続けた。

「二年半前、遠海市で屍体の頸部が切断されていた殺人事件がありましたよね」

「あぁ、あれの発見者だったか。……それが今ごろどうした？　あの事件は迷宮《おみや》入りだ。進展があったなんて話も聞かない」

「今、こちらで佐藤誠の身柄を拘束しています」

「……何？」

「自供したんですよ」

自供、と阿比留は繰り返した。いつまで経っても口になじまない言葉だと思うと、かつて会った佐藤誠の姿が蘇《よみがえ》ってきた。痩せた躰と印象の薄い眼が感情の起伏を曖昧にしていて、軽い雰囲気を全身に備えていた書店員。

「遠海事件が自分のしわざだと？」

「それだけではないんですが」

そこでようやく相手が疲れていることに阿比留は気が付いた。声に戸惑いとためらいがあるのは、県境を跨いだ同業への出方を考えているためだけではないらしい。

「佐藤誠本人の口から、二年半前の事件の捜査員が阿比留さんだと教えられたのです。それで県警のほうへ連絡をしてみたところ、今日は非番だと聞いたので、失礼かと思いましたが、自宅へかけさせていただいたという次第で」

明日を待てないほど急いでいるのか。そう考えて不審に思う。自白したのならゆっくり裏付けを取ればいい。急ぎなのかと問えば、はいと頷かれた。

「とにかく調べることが多すぎて。……できれば阿比留さんにも協力していただきたいのです。佐藤も、事件を手がけた人に話を聞いて欲しいと言っています。鵜呑みにしたわけじゃありませんが、確かに手間は省けるでしょうから」

協力を頼むだけでなく、取り調べに付き合えとまで言っている。縄張り意識が時に方針さえ左右する組織では異例の申し出だ。見えないなと阿比留は呟いた。

「どういうわけだよ」

「……佐藤誠が自供した殺人事件はほかにもあるんです。恥ずかしい話ですが、そのすべてに手を回すというのは難しくて」

人材不足？　阿比留はいよいよ混乱した。警視庁と地方警察の組織力は比べものにならない。まさかと思いつつ尋ねた。

「やつはほかにも殺しをやっていたのか」

「そのようですが、判りません」

疲れた返答に息を飲むと、声は投げやりに続いた。

「現状、自白したものだけで六十人。――まだ増える見通しなんですよ」

翌朝早くに県警から電話があった。受話器の向こうで捜査一課長は、心おきなく行って来いと気遣いの滲む声で言った。

「向こうに恩が売れる機会なんてそうあるもんじゃない」

「元はこっちの事件でしょう」

「あっちはそう見ちゃいないようだ」

「何もかも話していいんですか」

「心おきなくと言ったぞ。勘繰りは無用だ」

通話は一方的に切られたが、それでもかけたかまが何かを捉えた感覚は残った。迷宮入りした事件の尻拭いを警視庁にやってもらったにしては、蟠《わだかま》りが薄い。

阿比留は当時指揮を執っていた本部長が去年、四国は香川《かがわ》の鄙《ひな》びた街の警察署へ異動になっていたことを思い出し、上層部の椅子取りゲームに思いを馳《は》せつつ家を出た。

警視庁へ行くのは初めてだった。県外へ逃亡して捕まった容疑者の身柄を受けに川を渡ったことは何度かあるが、そのどれも行き先は所轄署だったのだ。それでも、首都高を丸の内で降りればあとは迷いようもない。地下駐車場に車を停めると、連絡を寄越した沢木という刑事はそこで待っており、出会い頭に頭を下げられた。

「本来ならこちらから出向くのが筋ですが、事情が事情ですので――」

「何をすればいい」

「本人から二年半前の事件の詳しい話を聞いてやって下さい。自分たちが聞くよりも、そのほうが正確なところを聞き出せると思うので」

沢木は困惑顔で歩き出す。歳は三十代前半だろう。物腰は柔らかだが、目つきがいやに虚ろだった。顔色を変えず被疑者を殴り、怒鳴りつけられる人種だと阿比留は見当付ける。つまりは優秀な刑事だと。

代用監獄に隣接してある取調室の前には二人の警官が詰めており、特有の張りつめた空気が漂っていた。禁煙表示のある壁の前へ置かれた灰皿には吸い殻が山盛りになっている。取調室の色彩はどこも一緒だなと思いつつ中へ入ると、スチールデスクに脂まみれの長髪を広げて突っ伏す影がいた。投げ出された両手には手錠がかけられたままだ。壁へもたれてそれを見ていた刑事は、沢木が手を挙げると取調室を出ていった。

沢木はデスクへ歩み寄ると、参考人の髪を無雑作に摑み上げながら椅子を払った。耳障りな音とともにその躰が床に倒れて呻《うめ》き声を漏らす。

しゃがみ、その耳元で目つきの虚ろな刑事はさらに怒鳴った。

「阿比留警部補に来ていただいたぞ！」

ああはいと頷き、参考人は顔を上げて阿比留を見た。

血を流すような怪我はしていない様子だったが、そのほかに思い付くことはすべて施されたのだろう。着ている服は垢《あか》じみた上にじっとり湿っており、肌は脂でてかてか光っている。無精髭と眼の下のくまが一層のみすぼらしさを演出してもいた。人相は相当に変わっている。だが変わらないものもあった。

痩せた躰付きがまずそう、加えて瞼越しに見える瞳の透明度も記憶と一致した。佐藤誠だ。

阿比留はその正面に座った。沢木が物言いたげな顔をしたが、敢然と無視して相手を見つめる。佐藤はそんな彼を見返し、頭を振ると、ちゃらちゃらと手錠を鳴らしながら転げた椅子を立てて座り、小さな声で呟いた。

「本当に呼んでもらえるとは思いませんでした」

「寝ていないようだな」

「――眠らせてもらえないんですよ」

「飯は食べているのか」

「そっちは、はい。ちゃんとしてます。――朝食は、みそ汁にサバの味噌煮でしたよ。あんま出来は良くありませんでしたけど、美味かったな」

佐藤は笑った。狂気は窺えない。体調はともかく頭は回っているようだ。空気を察して沢木はデスクから離れた。そちらに頷き、改めて阿比留は佐藤に尋ねた。

「蛎塚諒一殺害と有田智世殺害はお前のしわざだったんだってな」

「……ええ、そうです」

答える刹那《せつな》、佐藤の眼に光が宿った。元から澄んでいたせいで逆に濁ったようにも見えてしまう。どうして殺したんだと尋ねると、うあーと唸り、彼は繋がった両手首を額へ打ち付けた。その唐突な動作に阿比留は密かに戦《おのの》いた。

「どうして——だったかなあ。ええと」

「自分のことだろう」

「急かさないで——下さい。動機は色々なんです。確かあの時は、なんだったたっけ。……ここへ来てからこれで三日……三日ですよね？　僕が来てから」

不意に問い、沢木から戸惑い気味の頷きをもらってから佐藤は続けた。

「ずっと昔のことを思い出してばっかで、どれがどの記憶だか——眠ってもいないし」

「動機を忘れちゃ何にもならない」

「それはそうなんですけれど、大勢を殺してきたものですから、ひとつひとつがどうも曖昧で。適当なことを言うわけにもいかないでしょう？」

さらりと吐かれた言葉に阿比留は拳を震わせた。言葉がハッタリではないと経験が囁いている。と同時に佐藤の有様《ありさま》も頷けた。確かにこれは殴らずにいられない。

そうした理解が阿比留をして譲歩させた。

「それなら動機はあとまわしだ。どうやって殺した？」

「どうやって？　僕、そんなやり方が判らないような始末をしましたっけ？」

今度は引く気はなかった。昨夜、連絡を受けたあとで、分厚い調書のコピーを熟読してきたのだ。事件は頭に入っている。

「お前には事件時、アリバイがあった。自分でそう証言しただろう。蛎塚諒一が殺された時間帯、遠海駅から離れたビデオ店にいたんだと」

「ビデオ店――」

そのアリバイが店員の証言で成立したことに加え、死亡推定時刻の集中している五時台、雨の降り出す前の遠海駅周辺で佐藤誠らしき人影を目撃した者が出なかったことも、彼への疑いを払拭《ふっしょく》するのに一役買っていた。今更犯人でしたと言われても、やっぱりそうかそう思っていたんだと肩を叩いてやる気にはなれない。

狂言ではないか。

なお阿比留はそうした疑いを捨て切れなかった。どうしてそんな嘘を吐くのかという問いに対する答などなく、ただ二年半前の自分を信用してだ。

佐藤は虚空を眺めて深呼吸を繰り返し、そうと呟いた。

「そうだ。ビデオ店とかそんなこと、確かに言ってたっけな」

「まるで他人事《ひとごと》だな」

「他人事ですからね」

「殺しがか？」

「殺しは僕のです。アリバイがですよ」

濁った瞳で阿比留を見て、佐藤誠はええ、ええと頷いた。そうなんですよ阿比留さん。

「あのアリバイは他人事なんです」

「どういうわけだ」

「そのままですよ。僕のじゃない」

「替え玉か」

「そう、なるのかな。あれはサトウマコトのアリバイなんですよ」

「お前が佐藤誠だろう」

「僕もサトウマコトですけどね。はい」

佐藤は両手をデスクに放り出し、手錠の縁《へり》を触りながら続けた。

「僕にアリバイを尋ねたのって、事件当日じゃありませんでしたよね。少し経ってから——蛎塚専務の通夜の時じゃなかったでしたっけ」

「そうかもしれない」

「そうでしたよ絶対。事件当日にアリバイを聞かれてたら、僕は答えられませんでした。聞かれるまで時間があったんで、用意できたんです」

そう言われても判らない。自分自身で確かめたという記憶がそうさせたのかもしれなかった。阿比留は考え、可能性らしきものを掴んで尋ねた。

「店員がグルだったのか」

「いえ。というか、店員には会ったこともありませんよ」

「店員はお前のことを覚えていたぞ。会員カード登録を自分が受け付けたと。免許証の写真と実物を照らしたとも言っていた」

「それが仕事ですからね。でもそれは僕じゃないんです」

「……免許証を偽造したのか」

「してません。免許証で会員カードを作ったなんてことも今初めて知りました」

阿比留が首を振ると、佐藤は視線を伏せて、労《いたわ》るように続けた。

「阿比留さんは、ビデオ店の店員から話を聞いたんですよね」

「ああ」

「それで、会員カードのデータを見せてもらったんですか」

「渋《しぶ》られたがな、確かにお前のデータはあったよ。名前と年齢も合っていた」

「それ、パソコン画面でのリストでしょう」

そうさと応えると、やっぱりと佐藤はため息を吐いた。

「昔のビデオ店って、会員カードを作る時、提示した身分証をコピーしたんですよね。今はうるさくなってるからそういうことしないんだろうなあ。アルバイトの履歴書だって落ちた時、返却してくれるくらいだしな」

「何が言いたい」

「僕の写真は見てないわけですよね。確認したのは名前と年齢と、あと性別くらいなんじゃありませんか。住所や電話番号はどうでした?」

「……見たのは一瞬だ」

店員の隙を衝いて覗いたディスプレイには住所や電話番号もあったように覚えている。けれどそこまで確認することはないと思って見過ごしたのだ。

名前と年齢が合っていれば、それでいいと。

「賭けてもいいですけど、リストにあった名前はカタカナじゃありませんでしたか」

阿比留は動きを止めた。佐藤は視線をまっすぐ向け、逸《そ》らしもしない。ああと思う。確かにそう。あの画面に表示されていた名前はカタカナだった。

そういうことか。

「判ったみたいですね」

「事件当日、ビデオ店を訪れて会員カードを作ったのは、別のサトウマコトだったのか」

壁際の沢木が身じろいだ。佐藤はうなだれるようにこくんと頭を落とす。眠たいのだろう。その額を小突くようにして起こし、阿比留は言った。

「全部吐くまで眠らせねえよ」

「――アリバイをね、作っておかないとって思ったんですよ。警察を呼んで、阿比留さんに事情を説明して、解放されたあとになってね。だから作ったんです」

「簡単に言うんだな」

「刑事さんは名字が阿比留で、下の名前はなんですか」

「……駿《はやお》の輝きと書いて、駿輝《としき》だ」

「いい名前ですね。見映《みば》えがしますよ。僕みたいな名前だとそういうのが羨ましくて。子供のころから僕、自分の名前が好きじゃなかったんです。主役が務められる名前じゃない。パンチの利いたあだ名をもらったことないのもそのせいだって。でもそのおかげで、って言っちゃ変かな、普通の人が得られないものを得ることもあるんです」

「同姓同名の他人か」

佐藤は頷き、自慢げに笑った。

「今まで知り合った他人に、自分とまったく同じ名前の人間は二人いましたよ。マコトの字が違っているのは三人。親戚だったり、同級生だったり、先輩とか後輩の間柄でもね」

「そいつらのアリバイを自分のものにしたんだな」

「向こうはアリバイだなんて思ってないでしょうけどね。アリバイが要ると思った時、駄目もとで何人か連絡を取ってみたんです。連絡が取れたのは三人いて、それとなく水曜の行動を尋ねてみたら、ひとり——真実の真と書いてマコトと読ませるやつなんですけど、そいつがその時間帯、地元のビデオ店で会員カードを作ったと言ったもので、それをそのままなんの加工もせずにお話ししたわけです」

衒《てら》いもなくトリックを明かす佐藤に、阿比留は夥《おびただ》しい違和を感じた。恐怖に近い感触でもあった。

使われたトリックはまるで子供の思い付きだった。思い付いただけならまだしも、実行へ移したと語って少しも恥じる様子がない。どうしても重ならずにいた事件と佐藤の印象がようやく胸の中で合わさるのを感じ、確かにと思う。

こいつは何十人も殺してきたのかもしれない。

だからねと佐藤は眠そうに眼をこすった。

「店員に話を聞いた時、阿比留さんは住所と電話番号を確認すべきだったんですよ。それか、会員カードを僕が持ってるかどうかを確認すべきだったんだ。じゃなかったら、僕の写真を店員に見せるとかね。そこまでの疑いはなかったんですか」

ないわけではなかった。ちょっとしたすれ違いの結果なのだ。

防犯カメラに映らずマンションへ侵入する方法がまだ判っておらず、疑いが本格化していなかったこと。映像から起こした写真が不鮮明で、非協力的な店員が曖昧な返答しかしなかったこと。会員の名前をビデオ店がカタカナで管理していたこと。そうした条件が偶然に続いたことで通ってしまった間違いだった。

「……雑なアリバイ工作だったんだな」

「ないよりはましだと思ったんです。事実、効きましたしね。やってみるものです」

何事も、何事もねと繰り返しながら、殺人犯は降りてくる瞼と必死に戦っていた。阿比留はその衿首を掴んで揺さぶり、脇に追いやっていた問いを尋ねた。

「どうして二人を殺した？　それに首を切ったのはなぜだ」

「蛎塚専務が邪魔だったんですよ。あの人がいるせいでブックセルはまとまらなかった」

「恩師だろう」

「恩師でも邪魔は邪魔です。いなくなればいいのになあと思って。僕はそうした時、迷わず殺す人間なんです。そういうふうにできてるんだ。……僕がやらなきゃって義務感もあったかなあ。恩師だからこそ他人には任せられないって」

「そんな動機で――」

「大事ですよ。僕にとってはね。ようやく見つけた天職だったんですから。人間らしい生活ができるようになって、ひょっとしたらこのまま人を殺すようなことはなくなるのかなと、淋しさ混じりに考えてたくらいなんです。それが幸せとかいうやつなんだろうなって。あの時、会社に潰れてもらうわけにはいかなかったんですよ」

「あげく、今ここにこうしているわけか」

佐藤は疲れも露わに頷いた。そうですね。ええ、まったく。

「結局会社も潰れたし、僕もそれ以前の浮き草に逆戻りだ」

「これからはただの人殺しだな」

「死刑囚でしょう」

囁くように付け加え、佐藤は肩を揺すってみせた。泣いているのではなく笑っているのだった。まだ答は半分だと阿比留は言う。

「どうして有田智世まで殺した？　いや、殺したのは有田智世のほうが先だったろう。死亡推定時刻がそうなっている。なぜだ」

「——安心して死んでもらうためにですよ」

「何？」

「自分の子供がまだ小さかったら、安心して死ねないでしょう？　その不安を取り払ってあげるために、殺しといてあげたんです。……いつもはそこまでやらないんですけど、なんと言っても蛎塚専務は恩師ですからね。デジカメであの子の屍体を写しておいて、それをこう専務へ見せてあげながら――」

佐藤は最後まで言えなかった。デスク越しに飛んできた拳が頬に突き刺さり、もんどりうって床へ倒れたからだ。

相手を見下し、呼吸を整え、阿比留は振るった拳をそっと撫《な》でた。

本気で人を殴るのは久しぶりだった。甲が擦りむけていたが、怒りのせいで痛みもない。なるほどと頷く。こんな話を三日間も聞かされたら常人は発狂してしまう。刑事であっても心に何も感じないというわけにはいかない。

よろよろと立ち上がり、佐藤は床へ赤い唾を吐き捨てた。音を立てて転がるのは奥歯だろう。何事もなかったかのように椅子に座り、呟いた。

「この三日で随分、打たれ強くなったなあって思いますよ」

「……どうして二人の首を切った」

「忘れました。人の躰を切るのは得意なんですよ。なんでだったろう？　いつもみたいに始末する時間がなかったから、捜査を混乱させようと思ったのかな」

「蛎塚諒一を殺したあと、お前はわざわざアパートに戻って有田智世の首を切断している。

忘れましたで済む話じゃない」

「二年半前のことですよ。動機を覚えてただけでも大したものでしょう。……でも、専務の娘さんの首を切りに戻ったのは、なんとなく覚えてます。あの時は、せめてって思ったんだったかなあ。揃えておこう。そうすべきだって。……そうそう、親子を殺したのはあれが初めてだったんですよね。だからだと思いますよ」

よく覚えてませんけどと残し、佐藤はデスクへ頭突きを喰らわすように突っ伏した。

もう頭をひっぱたいても反応はない。

とっくに限界を越えていたことに躰が気付いたのだろう。阿比留は額を揉みつつ立ち上がった。壁際の沢木に頷いて一緒に取調室を出る。休憩室で煙草はないか尋ねると、ショートピースが差し出された。久しぶりの紫煙《しえん》が連れてきた虚脱感に、思わず床へ座り込んでしまいたくなる。もちろん煙草だけのせいではない。

どうでしたと沢木は問う。

「刑事の質問じゃねえな」

「すいません。やつは嘘を言っていると思いますか」

「そうは見えない。……けど俺は二年半前、あいつをシロと判断したんだ。勘もアテにはなんねえよ。話の裏を取ってみて、それからだな」

「そうですか。——そうですね」

虚ろな瞳の捜査員に、阿比留はさっきまで佐藤に向けていた鋭《するど》さで言った。

「そろそろ事情を説明しろよ。どうして俺を呼びつけた？　二年半前の事件を知るだけなら資料請求でもすればいい。——容疑者の要望で管外の人間を呼ぶほど警視庁は人道的な組織でもねえだろう」

「当たる事件が多すぎるので効率を重視したんです。——名刑事というものに興味もありましたしね。あいつ、阿比留さん以外の刑事を知らないと言ったんですよ」

「六十人以上の殺しを吐いたって聞いたぞ」

「今日になって八十人を突破しました」

「それでほかに刑事を知らないってのはないだろう」

「そこなんですよ問題は」

沢木は煙草を点した。吐いた紫煙が宙に散りゆく様をしばらく眺める。疲れているのは判ったが、気遣う余裕は阿比留にもない。何が問題なんだと問うと、記録が残っていないんですと相手は答えた。なんの記録だ。事件のです。

阿比留は煙草を灰皿代わりに置かれた空き缶の縁に押し付けた。

「どういうことだ」

「やつから殺しの自白が出てきた時、私らはまず狂言の可能性を考えたんです。その時はまだ十人ぶんくらいでしたか。淡々と喋る様子が嘘臭かったものですから。犯行は広範囲にわたっていて、時期も遡れば十年前から殺していると言うし。で、方々の所轄に連絡入れて事件の照会をしてみたんですが」

「記録がなかった？」

「はい。どこもそんな殺しはないと言ってきました。本人にもそう言ってやったんですよ。警察は嘘に付き合うほど暇じゃないと。そうしたらやつは、捜索願や失踪人届を調べてみろと言う。苦しまぎれの嘘かとも思ったんですが、念のために調べてみたら——出てきたんです。やつが殺したという被害者たちの名前が、失踪人として」

「八十人ぶん？」

「はい。今も調べてもらっている最中ですが、ほとんど照会できています。まあそれでも、単に失踪人のリストを暗記してきただけなのかもしれないという疑いは残る。しかし、訊けば思い出すんですよ。どうやって殺したのか。なぜ殺したのか。凶器を、屍体をどう始末したのかまで、いちいち」

「それなら裏が取れるだろう」

「やってもらっていますよ。けれどね、やつの屍体隠蔽、凶器隠蔽は念がいってるんです。

屍体ならバラバラにし、煮込んだあげくにミンチにして下水へ流す。時には高温焼却炉で骨まで燃やす。あるいは野良犬に喰わせる。凶器も同じです。金属物は沖合で捨てるか、痕跡が消えるまで研ぎ直す。現場の強行跡や血痕、そうしたものも同様に始末して、事件があったことそのものを消しているんです。何も起こらなかったというように」

そこで沢木は瞳をきつく閉じ、舌打ちを連発した。

「架空の事件を語ってるだけかとも考えたんですが、それにしては筋も通っているんですよ。被害者――失踪人の人となりもよく知っている。それに、失踪人の生活の近くに佐藤がいたという記録まで、調べれば出てくるんです。隣人であったり、バイト仲間であったり、行きつけの床屋での顔なじみであったり」

「……動機は？」

「色々ですよ。さっきは会社をまとめるためと言っていましたね。ほとんどがああいった、普通なら殺人の理由にならないものばかりですが」

「それでも、あることはあるんだな」

「いちおうは」

動機が理解できないわけではない。言葉も通じる。それだけにその規格外ぶりが際立つ。ああした犯罪者は法の管轄ではあっても、法の理念ははみ出ている。異様だ。

そう思った瞬間に見えてしまったものから眼を逸らそうと、阿比留は尋ねた。

「遠海事件だけなのか、屍体がちゃ、ん、と出たのは」

「今のところほかに五件あります。そのうち一件は、やつが自首してきた事件です。半年前、六本木に本社のあるIT企業の社長が失踪しましてね。事件にはなっていなかったんですが、佐藤の証言で屍体が見つかりました。ミキサーでペースト状にされて、ポリバケツの中で腐葉土と発酵促進剤と和《あ》えられていたんです。DNA鑑定で本人と確認できたんですが」

「そもそもどうしてあいつは自首したんだ」

「民間人——探偵に犯行を告発されたからとか言ってました。確か、月島《つきしま》とか」

「なるほどな」

阿比留はようやく事態の厄介さを理解した。

十年にわたり数十人の人間を殺しながら、事件の存在すら公にはせず日常生活を送っていた殺人犯。しかもそいつを自首に導いたのは警察ではなく民間人。

「あいつの存在自体が、警察の無能を証しているわけか」

沢木は力なく頭を振った。

「あとの四件は、屍体が出ながら自殺や事故として処理されていました。今から調べ直して他殺の証拠が出るかどうか。——佐藤の証言だけが頼りというのが実状です」

「つまり、遠海の殺しは例外なんだな」

屍体が見つかり、殺しと見当付けられ、しかも佐藤は一度、容疑者として捜査線上に挙がっている。警察の免罪符として使えるかもしれない。

「取り調べには協力的なんだろう」

「見たとおり弁護士の立ち会いすら希望せず、死刑を望んでいる節さえある。でも」

「このままだと裁判で勝ち目はない」

屍体も凶器も見つかっていない。そんな状態での起訴は検察がしたがらない。被告の証言に左右される裁判など、点数主義においてはリスクが高すぎるのだ。沢木は頷いた。

「現状で起訴して有罪にできそうな殺しは一件だけ。このままだと無期の可能性があるんです。今となっては遠海事件は貴重な殺しだ」

なるほどと応え、阿比留は拳を握り締め、腰の高さまで持ち上げると、訝しげな沢木の腹に叩き込んだ。躰を浮かせて蹲《うずくま》る彼へ、感謝しろと言い捨てる。

「同じ殴り方は避けたんだ。面子《めんつ》大事が負け戦深刻ぶってんじゃねえ！」

休憩室を出ようとする阿比留に、待てと声がかかった。振り向くと、腹を抱えた沢木が虚ろな瞳を吊り上げ、睨みを寄越していた。

「あんたが二年半前、あいつを捕まえてれば」

「そうさ。だから裏は取ってやる。だが八十人殺しなんて知ったことじゃねえ。俺にとっちゃ、やつは遠海事件の犯人でしかない」

「そんなことで治安が護れると」

「本当に護りたいのは組織だろ。吐き気がすんだよ。バカと踊んのが仕事ってこと、忘れて唱えられる題目にはな」

するとと沢木は壁に背をこすりつけるようにして立ち上がり、ふいと微笑み、咳を零した。なるほどねと呟き、何度も頷いてみせた。

「あなたのようなひとだから佐藤を疑えたんだな」

疑うだけならバカでもできる。捕まえられなかったのなら何にもならない。怒りは半分、自らへ向いていた。知るかと吐き捨て、阿比留は警視庁をあとにした。

◆

遠海市に戻れたのは陽が傾いてからだった。阿比留は刑事課へは連絡を入れず、そのままかつて訪れたビデオ店の住所へ向かった。

そこは無人パーキングになっていた。

三十分単位の貸し出しで、半分ほどが埋まっている。公務中に駐禁のタグを付けられたことを思い出して駐車場に車を停め、しばらくその一帯で聞き込みをしてみたが、ビデオ店が一年以上前に潰れたことと、土地の持ち主が変わっていることが判っただけだった。

駐車場のオーナーは元の持ち主を知らず、取引の仲介に入った不動産屋へ問い合わせると、名前は覚えているものの、連絡先は判らないという。

「夜逃げしたみたいですよ。いや、勘違いしないで下さい。取引は綺麗なものでした」

車に戻ったころには七時を回っていた。街で飲み屋の明かりがおいでおいでをしていたが、阿比留は携帯を取り出し、佐藤の携帯に残っていたという、かつてアリバイ作りに利用したという佐藤真の携帯番号へかけてみた。

「はい、セクシーバブルです」

「そちら、佐藤真さんの携帯ではありませんか」

「違いますねぇ」

通話は突然切られた。阿比留は舌打ちを零した。闇風俗に使われている以上、携帯は飛ばされたのだろう。元の持ち主とは切れている。県警に戻ればもう少し詳しいことが判るかもしれない。だがその前にと思い、車を走らせた。

行き先はパレス遠海。蛎塚諒一の殺害現場であるマンションだ。着いてすぐ、阿比留は今日何度目かの失望を味わうことになった。

マンションは二年半前と同じくそこにあった。少なくとも外見は変わっていない。

だがその隣が更地になっていた。

かつてそこには、防犯カメラに映らずマンションに侵入する経路として使われたに違いないと松代が語ったアパートの塀があったのだ。阿比留は時の移ろい相手に悪態を吐きたくなった。その松代にしてからが、すでに警察を辞めてしまっていた。

それでも来たついでだと玄関近くの管理小屋を覗くと、見知らぬ青年が真剣な面持ちで座っていた。彼の周囲には以前にはなかった小さなディスプレイが並び、そこには防犯カメラの映像が映し出されているようだった。

阿比留が名乗って身分証を提示すると、相手は御苦労様ですと生真面目な声で応えた。尋ねると、かつていた管理人夫婦は住民からの不満を受けてクビになり、そのあとに入った老夫婦も仕事ができなくて半年と続かず、自分が来たのだと言う。

「大変な仕事なのか」

「掃除がほとんどですけど、大抵は暇です。自分ともうひとりが二交代で勤めています」

「十二時間拘束か。それなら稼げるだろう」

「そうでもないです。自分はほかに本業があるのですが、そちらだけでは食べていかれないのでこの仕事をしています」

本業を尋ねると、漫画家ですと青年は胸を張って答えた。どんな漫画を描いているのか尋ねると、やはり生真面目な声で、成年誌です、エロ漫画ですと言う。

「永遠、恒久と書いて、永遠《とわ》恒久《つねひさ》というペンネームです」

頑張ってくれと声をかけて管理小屋を出た。しばらく歩いて振り向くと、青年は軍人がやるような敬礼を向けていた。阿比留は足早にその場を離れた。

県警に行き、受付で暇そうにしていた事務にデータの検索を頼み終えた時、内線で課長に呼び出された。捜査一課へ行くと、すでに課長は帰宅姿でバッグを机に載せているところだった。阿比留を見て、どうだこれから一杯と言う。まだ仕事が残っています。ならそこでいい。顎で示されたのは廊下隅の喫煙室だった。

そのヤニ臭いベンチに座って即、課長は口を開いた。

「向こうで暴れてきたらしいな」

「業務上過失致傷。執行猶予は付きますよ」

「二年半前の事件を調べ直すのか」

「そういった要請でした」

「……本当にやつがやったと思うか」

「十中八九は。ただ、その証言を直接裏付けるものがことごとく消えています」

「時間をかければ判るか?」

「やってみないことにはどうにも」

「ふん。時間が経ってから犯人が判るってのはまだるっこしくていけないが、本当なら喜ばしい。二年半前の不手際も、あちらへの貸しとなら相殺《そうさい》だ」

「それだけで済めば、でしょう」

返事はなかった。阿比留は続けた。

「足し引きも引く数が大きければ損になります。それともそっちは本部長の更迭《こうてつ》で精算済みなんですか」

「異動だよ。まあ、栄転とは間違っても呼べないし、そういうことにはなるのかな。……どこまで知ってる?」

「課長と同じか、それ以下。想像ですが」

「喋ってみろ」

阿比留はベンチに座り直し、背中を丸めて声を潜めた。

「手がかりがいくつかありますね。事件の本部長指揮が決まったのは、蛎塚諒一の屍体ではなく、有田智世の屍体が発見されたタイミングでした。これがまずひとつ」

「ふむ」

「そしてもうひとつ。捜査が進んでから、鑑識課へ公安の連中が足を運んだと訊きました。その時連中は、メモか手帳の類が現場になかったかどうかを訊いたそうです。さらに有田智世の検案書から、性的虐待を示唆する部分を消すようにとの圧力もあったとか」

「よく知っているな。――吾妻からか」

さてと阿比留がとぼけると、課長は先を促した。

「それでどんな話が組み立てられる？」

「性的虐待と言っても、有田智世は母親との二人暮らしです。それなら誰に虐待を受けていたのか。――いちばん簡単な想像は売春でしょう。客を取らされていたんだ」

「八歳児がか」

「母親が斡旋《あっせん》していたと考えられます。それなら公安が探していたというメモや手帳というのも、顧客名簿の類と見当が付く。商売の内容から手広くやっていたとは思えない。閉じられた好き者たちの環《わ》で営業をしていたんでしょう。ではなぜ、そんなものを防犯ではなく公安が探っていたのか。圧力はどこからかかったのか」

判ったと課長は遮るように頷いた。そんなところだろう。

「先は言わぬが華だ。証拠だってもうあるまい」

「それだけですか」

「それだけさ。組織に清廉《せいれん》を求めるなんて徒労だ。上で決着も付いているだろう。下は勝手にやるだけだ。問題は、そうした上の都合と殺しとのあいだに関わりがあったのかなかったのか、あったとしたらどの程度かってことだ」

「殺したやつのプラスに働いたことは間違いありません。それ以上は、それこそ無責任な想像になる。言いたくはありませんよ」

そうかと言い、課長は立ち上がった。

「ならば始末は任せる。好きにしろ」

「圧力はもうないんですか」

「二度は言わせるな」

課長は喫煙室を出ていった。

そのせいで阿比留は残りの推理を口にしないままに終わった。

少女売春、ないしその看過が本部長の更迭を招いたのなら、上は名簿を手に入れられなかったのだろう。公安を動かすくらいだから、名簿自体は必ずあった。見つからなかったのは、誰かが持ち去ったからだ。一体誰が？　通報に先駆け現場にいた人間は、有田智世の母である有田亜衣子、そして自白を信じるなら佐藤誠が付け加えられる。

有田亜衣子が処分したのであれば、管理側の手による処理ということで問題はなかったはずだ。そうでなかったからこそ、公安を動かしてまで探す必要があったわけだし、見つけられなかったことが人事の査定に響きもしたのだろう。

では佐藤が持ち去ったのか。しかしなぜ？

佐藤は、有田智世が売春させられていたことを知らなかったはずだ。顧客名簿が無雑作に置かれていたわけはないだろうし、有田智世の屍体に衣服の乱れはなく、慢性的な陰部の裂傷はあっても、暴行された上で殺された形跡はなかった。屍体の躰を見て売春を知ったという線はない。では、それ以前に売春の事実を知っていたのか？

まさか、やつも客だったとか。

「いや」

阿比留は首を振った。それでは巧すぎる。

幼女趣味のために買っていた子供の母親の元夫が恩師。――できすぎだ。仮にそうだったとしても、恩師と売春相手。本来ならともに死んでもらっては困るはずだ。

そうした物語を呑むくらいなら、まだ佐藤の説明を鵜呑みにするほうが抵抗がない。

しかし阿比留はそうしたくなかった。彼が大勢を殺して疑われることがなかった殺人犯だとすれば、遠海事件はあまりに歪《いびつ》、あまりに雑だ。そこにはきっと別の物語がある。

だが判らない。判るために必要な情報が足りない。

「阿比留さん」

呼ばれて顔を上げると、データ検索を頼んでいた事務が入口から顔を覗かせていた。喫煙の習慣を持たないのか、喫煙室に入ってこようともしない。

通路へ出て見つかったかと訊くと、事務は頷き、手元のプリント用紙を揺すった。

「普通の佐藤に、真実の真のマコトですよね。ありました。一九八〇年の二月生まれですから、今年で二十九歳です。中学高校時代に窃盗と恐喝を何件かしています。十八歳の時に傷害致死で特別少年院に入っていて、出てきたのは二十歳《はたち》の時。それで、こっちは四課の記録ですが、そのあとで帝龍会《ていりゅうかい》系の組の構成員になっていますね」

「どこに行けば会える?」

「住所はありますが、備考欄に失踪とあります。所属は近天組《こんてんぐみ》となってますが」

礼を言って資料を受け取り、阿比留は四課へ向かった。そこでたまたまソファで寝ていたなじみの捜査員を叩き起こして尋ねてみると、近天組はもうないと言う。

「ない?」

「去年の夏に解散したのさ。組長が引退すりゃそれまでってな小さな組だった。代紋《だいもん》もあったのかどうか。最近多いんだよ。団塊退職って波が連中にもあるわけさ」

「構成員は足を洗ったのか」

「そんなことはない。あそこは若頭が帝龍本家と懇意《こんい》だったからな、縄張りと売《ばい》はそのままに、本家の飛び地みたいな扱いになってるはずだ。何が知りたい？」

「佐藤真って構成員のことだ。記録じゃ失踪となってる」

阿比留が差し出した資料を眺め、捜査員は額を掻いた。

「記憶にはねえな。ちょい待て」

捜査員は携帯を取り出してどこかへかけ、親しげに喋り始めた。あぁ、何も悪さしてねぇか？　何言ってやがる。それで済みゃこっちは楽できんだよ。話しても大丈夫か。お前は解散まで近天だったろ。佐藤真って若いの覚えてるか――

終わりしなにおやすみを言わないことが不思議に思えるほど和《なご》やかな通話を終え、捜査員は阿比留に頷いてみせた。

「確かに失踪したそうだ。組の金を持ち出して逃げたらしい」

「夜逃げか」

「そう呼べるものじゃなかったらしいぜ。荷物もそのまま、ある日、煙みたいにいなくなっちまったそうだ。組の金っても、集金した五、六十万程度だから、顧客がひとりくたばったと思えばいいと放っといたそうだ。多分本当だろ」

阿比留は佐藤が自白したという殺しの数々を思った。そのほとんどはそもそも事件として成立せず、被害者は行方不明として処理されていたと。

事情を知らない捜査員は訳知りに続けた。

「今は少し囓《かじ》ってみちゃあ雀牌放るみたいに辞めちまうのが多いだろ。お前とこの松代もそうだったな。試験があってさえこの様だ。ヤクザはもっとだろうよ。これじゃあ、こっちは連中の顔と名前覚える気もなくならぁ」

「そうだな。たかが二年半前のことさえろくに追跡できないんだ。それでも――」

「それでも？」

頭を振って阿比留は四課を出た。

それでも、辛抱強く、長いあいだただひとりで、たったひとつのことをやり続けるやつだっているに違いない。外からそうと判らないだけで。

佐藤誠のように。

「……分が悪いな」

そうした連中の追跡は荷が重い。

阿比留は沢木の携帯を呼び出した。相手はすぐに出た。

「腹の具合はどうだ？」

「おかげで便秘が治りました。――そちらはどうですか」

「自白の裏は取れなかった」

「そうですか」

「だが否定する情報もない。針は振れたままだ。頭数が動員できりゃ傾けられるかもしれないが、あいにくこっちにそんな余裕はねえ」

それにと阿比留は内心で呟く。上もまた藪《やぶ》をつつきたいとは思ってないだろう。

「余裕がないのはこちらだって同じです」

「ならほかを当たるんだな。とりあえず二つ、できたら三つ有罪にできりゃ死刑は出る。屍体はほかに五つあるって言ったな。そっちで巧くやれ」

「そうします」

通話は切れた。

受話器と一緒に真実を手放しながら、阿比留は付け足しのようにもしもと思う。

もし今になって遠海事件の真実を明かすことができるやつがいるとすれば――恐らく、佐藤と同類の人種に違いない。組織の理屈に縛られず、此方《こなた》と彼方《かなた》を分けないだけの狂気まで弁《わきま》えているようなやつだ。

想像し、阿比留はあまりのバカバカしさに笑いたくなった。

そんなやつがもしいるとしたら、やはり佐藤のような犯罪者か――よっぽどの暇人に違いない。

コラム⑥　佐藤誠　その裁判

迷宮入りしていた遠海事件の捜査が進展したのは、以上のような次第である。読者諸氏におかれては、こうした動きを進展と呼ぶのに抵抗を感じる向きもあるかもしれない。佐藤誠は別件で逮捕されたのだし、そうした流れに、遠海事件の捜査は直接の影響を与えていないからだ。いくら自首以前の彼に近付くことができたとしても、逮捕に至らなかった以上、安易な称賛は捜査員の名誉のためにも控えるべきだろう。

だがこういった進展を呼び込めるのが組織の力であることも事実である。思いがけない自白に対しても、即座に所定管内の所轄署へ連絡がゆき、記録から事件と捜査を照会することができ、証言の裏を取ることもできる。これが、積み重ねられた時間と数の力だ。阿比留が痛感したように、佐藤誠のような犯罪者相手ではいくらか分の悪い面もあるが、その完璧性を捉え、理解したという点において、逆説的にだが、警察の力はやはり侮《あなど》れないと言える。

狂気を測る定規には、正気を用いるほかはない。組織内部に悪があったとしても、それのみを理由にすべてを否定するには及ばない。

脇へ逸れてしまったが、この時、阿比留は佐藤の自白の裏付けを続けなかった。彼の胸には佐藤誠が遠海事件の犯人であるという確信が蘇っていたし、でなくとも、八十人を殺したと自白する人間をかばってやる理由などなかったからだ。

無論、首切りの理由を真剣に考える義理もない。

それもあり、裁判では自白の信憑性《しんぴょうせい》が主な焦点となった。

そこで佐藤誠は自らの主張を覆《くつがえ》さなかったが、しかしまたひとかけらの改悛《かいしゅん》を示すこともなく、同じ条件で同じ事態に遭遇したら何度でも同じことを繰り返すと冷静に言い放っては、裁判員や裁判官、及びその一挙手一投足に注目するマスコミを通じ、日本中の良識あるひとびとを激怒させ続けたのである。

佐藤誠の一審判決が出たのは、平成二十六年春のことだ。

起訴された事件中、有罪判決が下されたのは九件。それだけは確実に彼の手によるものであるというのが司法の判断であった。

遠海事件はそこに含まれている。

無論のこと、起訴された事件の大半で無罪判決が出たとは言え、佐藤誠の罪とその精神性が看過されたわけではない。判決は求刑どおり死刑。これは本人の希望でもあった。

自首した時点で人生を終えることを覚悟していたというのが、佐藤誠が被告人弁論で述べたおおまかなところである。世間の注目を集めた裁判であるにもかかわらず、その無罪を信じる人間が集まらず、救う会などが作られなかったどころか、人権派弁護士による死刑廃止運動すらコンタクトを取ろうとしなかったことから、佐藤誠の徹底した有罪肯定、及び彼に対する世間の眼がどんなものであったかが判る。

そういったある種の潔《いさぎよ》さも、今日における彼の幻想を支えているだろう。記録に残る佐藤誠の言動を丹念に拾い集めてみれば、本人にそうした狙いはなく、むしろ忘れ去られることを望んでいたに違いなかったとしても。

また、刑執行まで収監されていた東京拘置所が極端に面会を制限したことも、佐藤誠にまつわる幻想を強化した。かつて彼と面会するためにさまざまな手管《てくだ》を使わなければならなかったことは、筆者の記憶にもいまだ新しい。

いずれにせよ、裁判において彼が行った首切りが深く追及されることはなかった。佐藤自身が口にした、捜査当局を惑乱せしめることが目的という理由がおざなりに通ってしまった形である。ほかの事件で合理的に屍体を処理、隠蔽した佐藤誠は、遠海事件に限り、なぜ屍体の首を切ったのか。

その謎の解明には、自白よりさらに五年半の時が必要だった。

第7章　理由

死ぬ日は教えてもらえない。

佐藤誠が最もがっかりしたのはそのことだった。

地方裁判所で五年もの時間をかけた審理が終わり、再三控訴を勧めてくる弁護人に辛抱強く首を振り続け、ようやく判決が確定してみれば、待っていたのはそれまでとそう変わらず、労働の義務もない、健康を保って死を待ち続ける日々だったのだ。

生きる張りを持って下さいと、弁護人はここへ来たばかりのころ彼に語り、でないとと言いかけて口を噤《つぐ》んだ。死刑より先に狂ってしまうと言いたかったのだが、その白々しさにまで思い至って言わなかったのだろう。

佐藤は独房にいる。三畳半に覗き窓付きの鉄製ドア、窓に鉄格子はなく、空調も効いていた。防犯カメラとマイクのせいでプライバシーはないが、居心地は随分といい。そこで彼は椅子に座り、窓を見ていた。外の様子が判らないよう曇らせてあるが、日差しの明るさで季節くらいはカレンダーに頼らずとも判る。

平成二十六年夏。七月がすぎていくところだ。

——初めて殺したのも夏だったな。

そんなことを思っても罪悪感はない。最初の殺しに限らず、すべてに対してそうだった。懺悔《ざんげ》はおろか、哀れみも、運が悪かったねという同情すらない。そうしたことを思うのは殺してきた大勢に失礼だ。そんなふうに思っている。

殺したことに後悔はなく、だから死刑になることへの後悔もない。死ぬのは嫌だが、そうした想いを浮かべないだけの自負と諦観もとうに得ていた。だから請願作業をしようという気にもならない。判決が確定する前から今に至るまで、いくつかの出版社から本を出さないかと打診されていたが、すべて断っていた。得てしまったこの消化試合な日々の退屈にも文句を言う気はない。にしても——

もっとよく死刑について調べておくんだった。

そうは思う。

多くを殺しながら司法に裁かれる気など毛頭なく、そのせいで逮捕されてからこちら、佐藤は何もかも予想外な流れの中にいた。

警視庁の取調室では、殴られながら殺人を一件一件思い出したのに、それでは駄目だと言われた。犯行を証すものが自白だけでは有罪を導くのは難しい。物的証拠を出せと。刑事も検察官も同じことを繰り返した。判ったから屍体を見せろと。

もちろん残っているわけはない。

それらを始末するため、佐藤は殺しのたびに苦労してきたのだ。ある時は豚を使い、ある時はミキサーを使い、ある時は黒潮を使って。

なのにそうしたことを事細かに説明すると、まず例外なく拳が飛んできた。

また弁護人からは、刑事責任能力が認められれば無罪の見込みはないと言われ、精神鑑定を受けさせられた。無罪になるつもりはないと言っても通らず、結局、二度も受けることになった。まあそれはいい。一抱えほどの疑いは彼にもあった。僕は確かに殺しすぎた。それをおかしく思わない時点で、気付かず狂っていることはありえると。

鑑定結果は佐藤の責任能力を認めるものだった。

弁護人は仕方なしに、それから以後は死刑制度そのものの違憲性を武器に争う方法へと切り換えたが、そこにもう彼の居場所はなかった。

被害者の遺族たちが傍聴席から向けてくる恨みのこもった視線も、裁判官の吟味するような視線も、だから佐藤には、彼ではない何か、殺人鬼として期待された幻《まぼろし》へと向けられている気がしてならない。

お笑い芸人へ持ちネタの披露を期待するファンのような。

そちらが正しいのかもしれないとも思うが、応えられはしない。これまでの自身を否定することに繋がるからだ。それが佐藤の偽らざる本心であり、そのため最終弁論ののち、発言を促された彼は、まず傍聴席へ、次に弁護人と検察官へ、最後に裁判官と裁判員へ一礼しつつ、こう言ったのだ。

お疲れさまでしたと。

罪の意識も償いの気持ちもないが、そこにいるひとびとの時間を奪っている原因が自分にあることは判っていた。他意はなかったのだが、その他意のなさが響いたのだろう。あとで弁護人から、君の名は百年残るだろうと言われてしまった。聞くところによるとマスコミがその発言を取り上げ、巷《ちまた》では流行のきざしを見せているらしい。

もちろん彼にはどうでもいいことだった。

判決の日、八十六人ぶんの屍体を思い出した彼に下された罪は、九人殺しというものだった。どっと疲れが押し寄せたが、異議を唱える気はなかった。判決は死刑なのだ。望んだものが得られた以上、一刻も早く茶番は終わらせたほうがいい。

そう思ったのだが――

「この有様か」

佐藤は呟いて立ち上がった。躰を伸ばし、防犯カメラを意識しつつ、床で柔軟体操を始める。音を立てない暇潰しを色々試したが、これがいちばん性に合っていた。躰を動かしているあいだは頭を動かさずにいられる。独房には空調が効いているが、それでも動いていれば躰はじっとり汗ばんでくる。

適度に疲れないと定時に眠ることもできない。

また疲れれば腹も空いてくれる。いずれ刑が執行されるまで食いはぐれはないが、そのいずれは今日明日ではないようなのだ。

いつ殺されるのかと問う佐藤に、弁護人は刑訴法の一文を持ち出して説明した。そこには死刑判決から六ヶ月以内に刑を執行しなければならないとある。じゃあ冬を待たずに死ねるのかと尋ねると、そんなことはないと言う。判決から六ヶ月以内に刑執行が為された例は半世紀近く遡らないと見当たらない。条項そのものが、現在では努力規定と解釈されているのだと。それに法務省も、なるべく判決が出た順に刑を執行しようとする。現状では先が詰まってもいるのだ。

刑執行まで恐らく四、五年はかかるだろう。

弁護人はそう言い、だがこれは再審請求をしなかった上の計算だと言い足した。再審請求をすればもっと延びる。だから再審請求はするべきだ。どうせ却下されるだろうが、請求しているあいだは刑の執行をしないという緩《ゆる》い慣例もある。それに死刑廃止は世界の趨勢《すうせい》だから、時間稼ぎをしているうちに死刑そのものがなくなるかもしれない。

佐藤は頷かなかった。生きていたところでやることもない。それに、ただ一度の失敗で何もかも諦める覚悟はできていたのだ。

人を殺すというのはそういうことだと。

ふと跫音が聞こえた。

徐々に近付いてくるそれに耳を澄ませ、佐藤はわずかな期待を抱いた。すでに時刻は十一時近いが、今から刑執行という可能性もなくはない。

跫音は独房前で立ち止まった。覗き窓が開き、刑務官が冷えた声を出す。

「面会だ」

「どなたですか」

返答もなくドアが開けられた。刑務官は仏頂面で棍棒を握り立っている。ほかの死刑囚にはもう少し人間味ある振る舞いを見せる刑務官だが、彼にだけは昆虫でも扱うように接するのだ。その刑務官が特別なのではない。拘置所内でさえ、佐藤はほかと違う扱いを受けていた。それだけ特異と思われているのだろう。

彼に特別なことをしたという意識はなくとも。

面会室を仕切るアクリル板の向こうで待っていたのは、五年以上も付き合いのある弁護人だった。すっかりなじみとなったレンズの大きい眼鏡に丸顔が微笑んでいる。歳は四十すぎ、身長は百六十そこそこしかないが、躰の幅は会うたび変化して定まらない。今日はかなり腹を出している。座りながら佐藤は尋ねた。

「また太りましたか」

「夏場はつい、体力付けようと思って食べすぎちゃうんですよねえ」

たはっと笑い、弁護人は微笑みを浮かべた顔を深刻そうに仕立て直した。再審請求ならしませんよと佐藤は言ったが、相手は首を振った。

「今日来たのはそういうことじゃないんです。実は、佐藤さんに会いたいという人を連れてきましてね。外で待ってるんだけど」

「はあ。誰です」

沈黙して数秒、うん、と弁護人は頷いた。

「それが誰かを言う前に、ひとつ頼まなくてはならないことがあるんだけれど」

「回りくどいな。もう大抵のことは受け入れますよ。はっきり言ってくれませんか」

弁護人は佐藤の背後に立つ刑務官へ手を挙げて合図した。すると刑務官が佐藤の脇にやってきて、彼の目の前にそれを置いた。

艶消しが施されている金属製の手錠だ。

「なんです、これ」

「それを嵌めて欲しいんだ。——いや、言いたいことは判る。こういう真似は人権侵犯だ。それは言われないでも僕自身よく判ってる」

そうだろうと佐藤は思う。信頼していると言ってもいい。自分の弁護を引き受けるような人だ。要領がいいわけはないし、有能とも言えないし、おせっかいも数多いが、付き合っていて嫌にはならない。素直に感謝したい気持ちもあった。

判決確定後も弁護人はちょくちょく面会に訪れ、死刑囚にも人権があり要求すべき待遇があること、不満があれば獄内訴訟という手があることなどの教えを授《さず》けてくれた。曰《いわ》く、死刑は懲役刑や禁固刑と違い、刑自体に過程がない。執行時に初めて開始される刑だ。その点において、罰金刑により近い。死刑囚という言葉は、だから正確には刑が執行されたあとの死者にのみ使われるべきで、執行されるまでは死刑確定囚と呼ぶのが正しい。またそれゆえ刑が執行される時まで一切の刑罰は加えられるべきではなく、罰という見地からその自由が束縛されることもあってはならないのだ——云々。

佐藤には言葉遊びとしか思えなかったが、死刑囚に運動や請願作業が許されている現状を納得することはできた。立派な理想だとも思った。

そうしたことを言った相手が今、手錠をしろと言っている。

手錠を手に考えていると、弁護人は慌てたようにもちろんもちろんと連呼した。

「佐藤さんには面会をする権利と同時に、面会を断る権利もある。面会をしないというのであれば、今僕が言ったようなことは全部忘れてしまってくれて構わない。今回だけの特別な処置というか、実を言えば、面会希望者から相談された時、所長とも話をしてね、ようやく用意した妥協案ではあるんだ」

「落ち着いて下さい」

「あ、あぁ。暑いなぁここは」

視線を泳がせて弁護人はハンカチを取り出し、額と首筋を拭った。空調は効いている。冷や汗だろう。自分の理想と行動の矛盾を説明しようと必死なのだ。

佐藤はだんだん相手が可哀想に思えてきた。

「先生は、面会人を僕に会わせたくないんですね」

「いや、そういうわけでは。……ううん、僕個人の意見を言わせてもらえれば賛成はしかねるけれど、大体がこんなこと、すぐ潰されるものなんだ。ここの内規でも、本人の心情の安定を害する可能性ある場合は面会を認めないという項目がきちんとある。それなのに所長は許可したんだよ。これが佐藤さんへプラスに働くものならいいけれど、そんなことは期待するのが間違っているからね。罠かもしれないとすら僕は疑っていて――」

「判りました」

佐藤は自分で自分に手錠を嵌めた。これ以上気を遣わせたくなかった。

「興味も出てきましたし、会ってみますよ」

「そうかい。ただ、会うのはここじゃないんだ」

そう言って弁護人は二人のあいだを仕切るアクリル板をとんとんと指で叩いた。

「その人は二人きりでの面会を望んでいる。仕切りなんて取り払ってほしいって」

「そんなこと許されるんですか」

「政治力というやつだろうね」

「僕は人殺しですよ。先生だって二人きりじゃ嫌でしょう」

「いや、この仕切りがなくたって、僕は佐藤さんを信頼しているよ。君は理性的な人間だ。正当な理由もなくその……罪を犯したりはしない」

「それは裏を返せば、理由ができたら躊躇《ちゆうちよ》なく殺すということです」

弁護人は口を閉じた。それから佐藤を見て、力なくため息を零した。

「やはり取り越し苦労か。君はどこまでも冷静だ」

「だから八十人以上も殺せたんです」

「聞かなかったことにしておくよ。もしも面会を中止したくなったら、席を立ってしまえばいい。それは君の権利だ」

「はい。ありがとうございます」

弁護人は頭を振りつつ面会室を出ていった。

そして佐藤は刑務官に連れられて教誨室《きょうかいしつ》へ向かった。テーブルと椅子があるだけで、仕切りなど一切ない。刑務官はそこで待つよう言って、部屋を出ていった。

椅子へ座り、誰だろうと佐藤は考える。政治力という弁護人の言葉を反芻してみたが、そんなものを行使できる知り合いに心当たりはなかった。

ひょっとして殺し屋だろうか。僕に死んで欲しい誰かが差し向けたのかもしれない。つまりこの手錠は僕を暴れさせないためではなく、反撃を防ぐためにあるというわけだ。そうした心当たりなら山ほどある。多すぎてひとつも思い出せないほど。

「……構わないけどな、それでも」

手間が省けるだけ悪くない。

手錠の冷たさと硬さを確かめ、引っ張るなどして鎖の強度を試していると、突然ドアが開き、地を這《は》うような足取りで猫背の男が入ってきた。

三十代の不景気面に、二十代の不機嫌と十代の怠さをまとっている。縦縞のカッターシャツに黒いジーンズという格好で、眼鏡をかけた瞳には、夜中の沼に映る月のような光がなげやりに浮かんでいた。

ふいーとしんどそうに息を吐き、男は頭を下げた。

その仕草が記憶を刺激して――

「お久しぶりです。店長」

その呼び名が自由でいられたころの匂いをさっと蘇らせた。佐藤は胸で数え、それが六年も前であることに驚き、自分が三十歳をとうにすぎていることに思い至って半秒、慄然《りつぜん》とした。相手が相応に歳を取っていることも作用しただろう。

「あぁ、俺のこと、忘れてますか」

「いや……覚えてるよ」

かつてブックセルで働いていたアルバイトだ。

小説家になりたいと新人賞へ応募を続けていて、だが結果に繋がらず、常時不機嫌に働いていた彼。時折不意に攻撃的になり、万引き犯への対処もゆきすぎになることがあった彼。すぐ思い出せたのは、雰囲気がかつてと何も変わっていなかったからだ。

だが名前が思い出せない。

だからまず、作家にはなれたのかいと佐藤は尋ねた。ええまあと相手は頷く。凄いなあ。ペンネームとか使ってるわけか。いちおうは、はい。へえ。なんていう？

「詠坂——詠坂雄二です」

◆

「驚かないんですね」

妙な空気を破るように、詠坂は乾いた笑いを漏らした。

「驚いてるよ。終わった人間関係だと思ってたからね」

「生きてる限り、関係はそう簡単に消えないすよ」

視線をあさっての方向へ向け、彼は嫌そうに舌打ちをしてみせた。それから佐藤へ向き直って続けた。そんなこと店長のほうがよく御存知なんじゃないですかと。

「殺したい放題殺してきた相手をいちいち覚えてたんですから。思い出そうとして思い出せるのは、何ひとつ終わってないからでしょう」

「そうは思えないなあ」

必死に思い出した数々の犯罪は、ほとんど罪と認められなかったのだから。

「覚えてても繋がりが消滅してしまうことはある」

「それでも消えたわけじゃありません」

そうだろうか。殺した自負としてなら、今でも残っているが。

それにしても——

「よく面会が認められたね」

未決囚であったころは、日ごとに色んな連中が面会希望に来た。

佐藤は最初のほうこそいちいち相手をしていたが、得る物もなければ暇潰しにもならないと判ってからは断るようになっていた。それでも希望者は絶えなかったが、それも刑が確定すると、ぴたりと消えた。弁護人に尋ねると、拘置所が許可しないのだと教えられた。死刑囚の安心立命《あんしんりつめい》がため、余計な刺激を避けるのが方針なのだと。これは人権侵害だと弁護人は言ったが、彼にはどうでもいいことだった。

「どんな手を使ったんだい」

「俺が使ったわけじゃないです。なんか出版社にルートがあるらしくて、議員挟んで法務省に働きかけたとかどうとか。興味ないんすよ。俺はそんな乗り気じゃなかったし。ここ来る途中でも、よっぽど行くのやめようか迷ってたくらいで」

詠坂は頭を掻き回した。本当に嫌に思っているようだった。

「取材で来たんだね」

「今となっては、そうなっちまいましたね」

「今となっては？」

「――覚えてます？　水谷のこと」

みずたに。呟いて佐藤はこめかみを叩いた。それだけで思い出せる。育かいと尋ねると、相手は、それ下の名前ですかと問う。

「昔、俺が捕まえた万引き犯すよ」

「ああ、ならそうだ。育がどうかしたのか」

「覚えてるんですか？　へー、あいつの言ってたことは本当だったんだ。友達だって言ってたんですよ。店長と自分はって」

「話が見えない」

「判決が確定したのって四月でしたっけ。だから五月の頭かな。俺の前に突然現れて、店長のこと調べてるから力貸せって言うんです。貸しを返せって」

「貸し？」

「俺が振るった暴力のことですよ。八年も前のことなんて知るかって感じですけどね。平気な面して万引きしやがったのはそっちじゃねえか。クソッ」

ぶつぶつ呟いて語尾を濁らせる彼に、やっぱり判らないよと佐藤は言った。

「なんで育が僕のことを調べているんだ。そういう仕事をしてるのかい」

「やつは普通の学生すよ。てか、俺も聞きましたそれ。どうして調べてんのかって。したら店長とは友達で、昔、色々なことを教えてもらったって。特に、遠海事件は自分が出会ったばかりのころにあった事件だから知っておきたい。そう思って調べてみたら、色々と気になるところが見つかって、もっと詳しく知りたくなったとか」

「大学生ってのは暇なんだなあ」

「ま、頷けるっちゃあ頷けますよ。遠海事件は店長が起こしたとされる事件の中でも一際《ひときわ》わけが判らないですから」

そう言われれば、さまざまな景色が色付きで脳裏に浮かぶ。

まっさきに蘇ったのはかつての恩師、蛎塚諒一だった。首を切断した姿ではなく、生きていたころの姿でだ。次に有田智世の屍体が浮かび、そしてまた事件の構図と、自分がそこでどう振る舞ったかも思い出されてくる。

「俺も記録を漁《あさ》ってみたんですが、報道された情報だけ見ても、事件にはいくつか空白があるんですよね。でまあ、水谷はしつこく言ってくるし、暇だったしで、調べることにしたんです。まずは店長が自首するきっかけを作ったあの人に連絡して――」

「月島さんに会ったのか。元気だったかい」

「あの人はいつだって元気ですよ」

「いつだって？　……知り合いみたいだね」

「知り合いっつうか敵っつうかなんつうか。とにかく彼女に話を聞いて、それから遠海事件を担当した阿比留刑事、あのおっさんに話聞いて。ついでに、俺がブックセル辞めたあとで東遠海店に来た社員の人——何つったかな」

新村かと言ってやると、そうそう新村さんですと詠坂は頷いた。

「あいつは今何をやってるんだい」

「遠海駅前の繁華街でバァテンダーです。もし店長に会うことがあったら、悪いがお前はずっと友人だからなって伝えてくれと言われました。伝えましたよ」

「そうか。……それで？」

「あと時野にも会おうと思ったんですが、それは無理でしたね。とにかくそうして色々な人から遠海事件とその前後の店長の様子を聞いたんですけど」

詠坂は不意にあああと情けない声を上げ、俺がいけないんすよと言い足した。

「うっかり編集にそれ話したら。面白い。是非掘り下げろって言われて。店長、色々なところからの出版の誘いを断ってるでしょう。店長が書いた本なら間違いなく売れんのに」

「もうお金は要らないからね」

「ですよねえ。——まあ俺は無理だっつったんすよ。でも、頑《かたく》なな佐藤誠も、かつて下で働いてた人には心を開くかもしれないぞっていう浅知恵に算盤《そろばん》弾いちまった偉いさんがいたわけです。面倒臭い話でしょう？」

「つまり回顧録の執筆を勧めに来たわけか」

「それが最善ですけど、店長はどうせ頷きませんよね。そこで二段構えですわ。店長が断った場合、俺の企画として本を作るって言うんです。実録犯罪物として」

「……小説家じゃなかったのか？」

側頭部を掻きむしり、詠坂はそうですよそうなんすけどねと言う。

「俺は本格書きとしてデビューしたんです。ですけどね……今時は昔なじみの本格なんて流行んねえんですよ。つうか、デビューした時でもうギリギリだったんすけどね。定義がどうの、語義拡散がどうたら、頭のいい人たちは新しい言葉作って語っちゃいますが」

「仕事がないってことか」

「屋台崩せばそういうわけですわ。……半分以上、店長のせいですからね」

「は？」

「店長みたいなのが現実に発見されちゃったせいで、今ミステリったら右も左も大量殺人で、数十人から殺してなきゃ客も呼べないんです。ひとつひとつの屍体を吟味して必然性と絡めてくなんて悠長な話、誰も読みゃあしないんですよ」

「なるほど。そういう言い訳の仕方もあるんだね」

それで詠坂は静かになった。本題に入ってくれと佐藤は続けたが、耳に届いているのかいないのか、相手は独りぶつぶつ呟いている。そうか、そうだよな、と。

「力不足を世界のせいにしちゃいけねえよな。世代論とか俺、大嫌いだし」

「それで？」

「え？」

「遠海事件のことが聞きたいのかい」

「あぁ。いや、てかもう正直どうでもいいですわ。仕事は仕事ですけど、俺の収入、作家業の割合って半分ないんで。この際シカトしても別に——」

そこでふと言葉を切り、相手は動作を凍らせた。

「どうかしたかい」

「ちげえわ。水谷がいたんだ。……すいません、もう少し付き合って下さい」

「そのつもりだけどね。さっきから」

「事件について聞きたいっつうか、どっちかったら聞いて欲しいんすよ。遠海事件にある不自然な要素を繋ぐとどんな物語が浮かぶのか。俺なりに考えてみたことがあるんで」

「不自然なことなんてあるかな」

「滅茶苦茶ありますよ。例えば屍体が残ってること。――店長の殺しでは屍体が出ないか、出ても原形を留めていないのが普通ですよね。良くて白骨。悪けりゃ遺伝子の欠片も残しておかない力業の完全犯罪は、見事というほかないです。物語にはなりませんけど、そのなさがまさに無敵」

「僕にとってはそれが普通だよ」

むしろ、殺人を計画しながら屍体を始末できないほうがおかしいと佐藤は思う。

バラバラにするならミンチにして堆肥《たいひ》と混ぜるべきだし、燃やすなら骨も残さないほどの高温で焼き尽くすべきだし、コンクリで固めるなら潮の流れを計算して沖合まで投棄しにいくべきだと。そうと判っていても屍体を前にしてしまうとできないのが人間だという意見もあるが、それならそもそも殺すべきではないのだ。

人間でいたいのなら、殺してはいけない。

他人を殺すのも人間性のうちだという主張は、あくまで闘争に限った話だと佐藤は思っている。彼我《ひが》が対等である必要はないが、最低限たがいに殺意があり、叶うなら同じ目的――金銭、名誉、生存、なんでもいいがそういったものがあり、さらに殺される可能性を同意し合った上での戦闘と生死なら、それはそれで立派な人類文化だ。

だが私利私欲が動機で、しかも不意打ちから始めるような殺人は、人間性を謳えるような殺しではない。昆虫の捕食活動と変わらない。

佐藤は自分の殺しがそういったものであることを自覚していた。

だから殺した屍体を同じ人間と見なしたことはないし、その処理にためらったこともない。

純粋な疲労から手間取ったりしたことはあったにせよ。それが、早くしないと傷《いた》み、処理が難しくなるだけではなしに、犯罪の発覚を招いてしまう厄介な生ゴミだという以上の想いを巡らせたことはなかった。


なるほどと詠坂は頷き、だよなあでもと言う。

「犯人の無能に推理の余地を見るのがミステリすからね。店長はミ、ス、テ、リ、映えのしない殺人犯なんです。作り話の参考にはなりそうにもない」

「なる気もないよ」

「どうして逃げずに自首したんですか。面倒になったとか？」

「格上に追われたからさ」

探偵、月島凪《なぎ》。

彼女と交わした会話を、彼は今でも覚えている。

殺人を後悔してないかと問われ、佐藤は、あなたみたいな人に眼を付けられた不運を呪っても行動は悔やまないと返した。すると月島は言ったのだ。不運ではないと。

――君のような人の前には、私のような人が現れるものよ。ルールを破って勝つ者は、やがてルールを破ることを当然とする世界に嵌り、ルールを破ることをなんとも思わない敵を相手にすることになる。そしていつかは自分が勝ってきたように勝たれてしまい、負かしてきたように負けてしまう。

そう、かの探偵は言ったのだ。

説明すると、小説家はしかつめらしく頷いた。

「因果応報ってことですかね」

「というか弱肉強食かな。負けない最善の方法は戦わないことだ。僕は戦いすぎた。戦い続ける限り、いつかは自分より強いやつに出会う。そんなふうに理解したけど」

「は。あの人らしい物言いだわ」

頷く相手に、それでと佐藤は促した。は？　いや、話の続きは？

「どこまで話しましたっけ？」

「遠海事件が僕のやった殺しの中でも、屍体が残っている点が特別だってとこまで」

「そう。まだ特別な点はありますよ。屍体の首を切ったことがそうです。結局、店長は明確な首切りの理由を喋ってない。しかも警察の捜査によれば、店長は殺害順を遡り、蛎塚諒一の首を切ったあとで有田智世の首を切っている。このおかしな行動は裁判でも取り上げられてて、弁護人はこの時店長が心神喪失状態にあったことを証明しようとしました。当初、通報までの約四十分間の記憶がないと証言していたのは、その証だと」

「そうだったかなあ」

「記録に残ってますよ。これ、おかしくないですか？　屍体を完璧に処理してきたくせに、首を切った理由を覚えていないなんて」

「なんでもかんでも覚えてはいられないよ」

「自分でやったことなのに？　俺じゃないんですからそんなのはないでしょう」

佐藤は答えなかったが、こだわらずに詠坂は続けた。

「まあそういうことにしときますか。……で、店長が有罪判決を受けた九つの殺しは、それぞれ屍体が何らかの形で確認されているものですよね。血痕だけだったり目撃証言だけだったりと差はあっても、屍体は見つかっている。その点においてそれらは店長にとり不本意な運びの事件たちなわけだ」

屍体さえ消せれば事件も消せる。だから屍体が消せなかった時、佐藤は少しずつ覚悟してきたのだ。遠海事件の時など、もう半ば諦めていた。

その予想は外れ、彼の自由はあの探偵が現れるまで続いたのだが。

「遠海事件以外で有罪とされた七つの屍体ですけど、それらが見つかっている理由は大体二つに分けられます。ひとつは店長の手際が未熟で、隠したつもりがそうでなかったというもの。血液反応が現場から出てしまったり、野良犬が屍体を掘り起こしてしまったりという、初期の殺しで見るパターン。もうひとつは、屍体を隠す時間がなかったというもの。処理する前に誰かに気付かれそうになったとか、目撃されてしまい、屍体処理より逃走を優先したってパターンです。ところがですよ、遠海事件はここでも特別で、どちらにも当てはまっていないんです。店長の殺人歴でも後期にあたる事件だから、処理の手際が悪かったわけはない。てか、処理を試みてもいませんよね。首を切っただけで」

「蛎塚専務は恩師だ。さすがに屍体を切り刻んだりするのは――」

「それなら首も切らないですよ普通」

そこで佐藤は思い出した。こいつは正論を吐く人間だったと。

融通が利かず、正直と不作法の区別すら満足にできない。だからこそ万引きをした育を必要以上に痛めつけ、そのことを勝手に悔やみ、ブックセルを辞めてしまったのだ。悪い意味で素直にすぎるのだろう。今日ここに来ているのもきっと、三十路を迎えてなお変わらないその性格ゆえのことに違いない。

不機嫌な小説家は続けた。

「屍体処理より逃走を優先したパターンもありえない。警察に通報したのは店長。処理する時間をなくしたのは店長自身なんですから。……なぜです？」

　佐藤は答えない。

　だんまりですかと詠坂は言う。慮りなどどこにもない声で。

「屍体を始末せず、かといって逃げもせず通報したからには、始末も逃亡もできない理由があったわけだ。防犯カメラに映った店長は手ぶらだったと記録にはありました。それでも、首を切る道具は持ってたんすよね。愛用の猟刀を服の下にでも忍ばせてたんでしょう。逆に言うと、それ以外の道具をマンションに持ち込んだ形跡はないわけですが、数々の屍体解体を猟刀一本でやってきた店長にしてみれば充分でもあったはず。ではどうして徹底的な始末をためらったのか。――理由は、俺にはひとつしか思い浮かびません」

「それは？」

「店長は屍体を消したくなかった。というか、そこまでする気ではなかったんじゃありませんか。言い換えれば、道具はあっても計画がなかったんでしょう」

　言葉を切り、小説家は死刑囚の顔色を窺う。佐藤はその時のことを一切思い出さないというやり方で追及をやり過ごした。詠坂は続けた。

「計画がなかったと考えると、色々な辻褄が合うんですよ。黙って逃げなかったのは、防犯カメラに映像を残してしまったから。あとで屍体が発見され、死亡推定時刻前後の映像に屍体の知り合いが映っていれば、警察の疑いは決定的なものになってしまう。それが予想できたから通報するしかなかったという」

「………」

「らしくない行動は、らしくないことの運びから出た必然の結果だったというわけです。遠海事件は、どこもかしこもみんなの好きな佐藤誠らしくない。なぜなら、その大元に計画性の不在があったからだ。——これが俺の仮説です」

そろそろ否定してくれませんかと彼は言う。

佐藤は答えず、壁と天井の境に蜘蛛が張った巣を眺め、こんなところでかかる虫などいるのだろうかと考えた。蚊もめったに見ないというのに。

否定してくれないなら続けますよと詠坂は言った。

「計画性の不在とは殺意の不在。店長は防犯カメラに映った時、蛎塚諒一を殺す気ではなかったんでしょう。服の下に猟刀は隠し持っていて、いずれは殺すことになるかもしれないと思っていても、その時は今日ではないと考えていた。……となると不思議ですよね。自白ではマンションを訪れた時、殺意はあったことになってる。つうか、有田智世を殺したのは蛎塚諒一に心おきなく死んでもらうためと説明しているんだから、殺意がなかったはずはない。では殺意はあったけど、限定的なものだった？　その日店長が殺す予定でいたのは有田智世だけだったと？」

蜘蛛はどこにいるのだろう？　疑問に思い巣を注視すると、その隅でじっとしているのが見えた。腹部が黄色いナガコガネグモだ。

「けれどそれも巧くない。有田智世の屍体だって消えていないんですから。店長が計画した犯行なら屍体の始末まで含まれるはず。有田智世の屍体がそのままだったことに同じ理屈を適用すれば、そちらにも殺意はなかったことになる。——おかしいですよね。どちらも殺す気がなかったことになるんだ。では衝動的に殺し、錯乱してしまった？　それもまた似合わない。それまで大勢を殺してきた店長には到底」

不意に佐藤は、子供のころ蜘蛛が嫌いだったことを思い出した。

罠を張って、ただ待つという彼らの狩りが非合理的に思えたのだ。獲物が欲しいのなら、こちらから出向くべきだろうと。

なのに今、そういった想いはなかった。むしろ、彼らはストイックなだけなのかもしれないとさえ思う。見事な罠を作り、それを受動的に運用することでさらなる完璧を期す。蜘蛛こそ最強の計画主義者なのだろうと。

「とにかくマンションへ行った時、店長に殺意はなかった。それでは、会ってから殺意が芽生えた？　違いますよね。殺す気になっても計画を練る暇がなければ諦めるでしょう。てか多分、普通の意味での殺意というものが店長にはないんじゃありませんか。計画が殺意を兼ねるというか、目的と計画はきっと、店長の中でセットになってるんでしょう。でなければこれだけ多くを殺せはしなかった」

蜘蛛は――

佐藤は節足動物を眺めて想いを辿り続けた。もしもいつまでも獲物がかからなかったらどうするのだろう。そのまま餓死するのだろうか。巣を出て獲物を捕らえようと試みることもなく、自身が計画した完璧な罠と心中してしまうのか。

それは愚《おろ》かな選択だろう。

けれど――

そうしたことが愚かなら、きっと、完璧な計画そのものに愚かさが含まれているのだ。完璧を求める気持ち自体にそうした欠陥があるのだろう。

自分へ準《なぞら》えるなら、殺しながら捕まりたくないという想いがすでに間違っていたのか。

「その日、店長の心には最初から最後まで殺意はなかった。それが俺の結論です。簡単な話なのに、誰もそういうふうに考えなかったんだ」

佐藤は口を開けて何か言おうとし、ふと零れてしまった笑みに少しばかり驚いた。

詠坂はためらいがちに告げる。

「店長はあの日、誰も殺してないんですね」

◆

佐藤は頷かなかった。否定もしなかった。だが黙り続けもしなかった。

「初耳だね、そんな話は」

「違和感は消せませんよ。屍体を残したのも、首だけを切ったのも、通報者になったのも、事件時の証言を二転三転させたのも――自分が殺していない屍体に出会ったこと、その屍体が恩師のものであったこと、それにあともういくつかの理由から選ばなくてはならなかっただけのことなんでしょう」

「……話にならない」

「なんでそういうことを言うかなあ」

本当に判らないという顔で詠坂は問う。瞳にはいくらか感情らしきものが戻っていた。物語に飽いている眼だと佐藤は思い、いたたまれなくなる。

だから言った。

「僕が今ここにいられるのは、大勢の人が僕を殺してやろうと頑張ってくれたおかげだ。ようやく整った真実を崩す言葉は、僕自身の責任で否定しないといけない」

「作られた真実も真実のうちってわけですね。……でもあいにく、俺は嘘を換金する身です。あんまそういうのには頷けねえんですよ。面白いと思った嘘を現実にまで適用しようとする手の施しようがないクズだから、今ここにいるわけで」

すいませんと頭を下げ、詠坂は喋りを繋げた。

「事件当日、店長は最初の証言どおりビデオ店を出たあと、マンションへ向かい、玄関ホールの防犯カメラに映り、エレベータに乗って蛎塚諒一の部屋へ向かったんでしょう。けれどインターホンを押しても返答がない。ドアノブを捻れば開いている。呼びかけても返事はない。それなら鍵をかけ忘れて外出したのかと思うのが普通でしょうが、恐らくそこで気付いてしまったんじゃありませんか。嗅ぎ慣れている臭い――」

血腥《ちなまぐさ》さに。

唐突に佐藤はそれを感じた。どこからともなく忍び寄る臭い。生臭くて吐気を誘い、それでいて懐かしい、確かに親しんでいた臭い。赤錆《あかさび》ならば、目の前のデスクにもパイプ椅子にも浮かんでいた。だがそれらが香ったと考えるには、その臭いはあまりに明瞭だった。まるで躰のうちから香るようなのだ。

実際にそうであっても不思議はない。解体してきた数を思えば。

「そして部屋へ上がり、恩師が首に傷を受けて死んでいる姿を見つけてしまった」

「首を切り離された姿ではなくかい」

「殺したのと首を切ったのは別々の人間ってのが俺の推理です。蛎塚諒一の死因は頸動脈切断による失血。それに使われた凶器――包丁は現場から見つかっています。鑑識の所見では、死因となった傷と包丁の柄からは有田智世の血液も検出されている。二人を殺した凶器は現場にあり、首を切断するのに使った凶器はまた別にあるというのが警察の見方でした。これはもう、ひとりの犯人が二本の刃物を持ち、片方は殺害に、もう片方は首切断に使って、殺害に使った包丁だけ現場に残していったと考えるより、二人の人間がそれぞれ別の思惑で動いた結果と考えたほうが自然だ。――首を切断したのは、店長ですよね」

「殺したのも僕だよ。殺しに使った包丁は、ありもので惜しくないから捨ててっただけだ。大体、どうして自分が殺してもいない屍体の首を切るんだい。専務が死んでいるのを見つけただけなら、その場ですぐに通報したよ」

「確かに店長はすぐ通報していない。現場をあとにして有田智世の首を切断しにアパートまで行き、そのあとで通報している。どうしてそうまでして二人の首を切ったのか、いい加減、教えてもらえませんか」

「理由なく切ったんだよ」

「それで通ったことのほうが、俺には首切りの理由なんかよりずっと謎ですわ」

「事実は説明なく説得力を持つからだろう」

「マジでそうなら本格ミステリなんざクソですね」

心底嫌なことを聞いたというように顔を顰め、詠坂はふいーとため息を吐いた。

「いちおうここから先の推理も考えてきたんですけど……聞いてもらえます？」

「どうせ妄想だろう」

「そいつを売ってんです。マンションの現場には、蛎塚諒一の屍体と殺害に使われた包丁が残っていました。けれどあったものはそれだけじゃなかった。そのあとで店長が有田智世の首を切りにアパートまで行っていることから、マンションには、蛎塚諒一と有田智世とを繋ぐ何かがあったと考えられる」

「…………」

「店長の手で隠されてしまい警察の眼に触れなかった何か。店長が隠さなければならないと考えた何か。それが明らかになると、店長が被害を受けるか、店長が護りたいと思うものが被害を受けることになる何か、あるいは、警察に渡してしまうと闇へ葬り去られてしまう懸念がある何か。それはなんでしょう」

「…………」

「当時、県警の公安が現場の遺留品の中に何かを探していたそうです。知ってました？　有田智世は、親である有田亜衣子に売春させられてたそうです。公安が探してたのは、その顧客名簿だって話なんですよ。それを踏まえると、ひとつ疑問が浮かびます。果たして、有田智世の父親である蛎塚諒一はそのことを知っていたのか？」

「……どうだろうね」

「知ってたでしょそりゃ。知ってたと思いますよ。てか、パレス遠海の部屋に屍体と一緒にあり、店長が始末したものっていうのは、まずその顧客名簿だと思います。ただそれは、本当なら有田智世の屍体があったアパートにあるべきものでしょう。ということは、誰かがそれを持ち出したことになる。死亡時刻は彼女のほうが先だし、ここは殺害した犯人が持ち出したと見るのが自然です。犯人はそれを持ってパレス遠海へ行き、蛎塚諒一を殺し、そこに置き去りにしたんだと」

「……なぜ犯人は、せっかく持ち出した顧客名簿を置き去りにしたんだい」

「それで充分だったからでしょう。アパートに置いておいたら、警察の手へ渡るより先に有田亜衣子の目に触れ、始末されてしまうと考えた。犯人の狙いはつまり告発」

　少女を性の商品とした者たちの。

頭の中の、殺人を扱うのとは別の部分で佐藤は吐き気を感じた。

「さらに推測するなら、その顧客名簿は告発文と一緒に蛎塚諒一の屍体のそばにあったんでしょう。それを店長は始末したわけだ。でもなぜ？　……当然、あると面倒なことになるからですよね。店長は有田智世のお客だったんですか」

「違うね」

「冗談ですよ。でも、八歳の女の子が売春させられてたって話は疑わないんですね」

「人知れず八十人殺す人間だってこの世にはいるんだからね」

「なるほど。まあ仮にそこまで事態が簡単だったなら、店長は名簿を始末しただけで通報したはずですよね。でもそうせず、そのあと二人の首を切っている。つまり、店長にそうさせるだけの事実が告発文には書かれていたわけだ。有田智世が殺され、告発文の隣にはその父親である蛎塚諒一——恩師の屍体があった。——と、ここでようやく最後まで残った謎を解くだけの手がかりが揃いました」

すなわち、と小説家は素速く言う。

「佐藤誠はなぜ首を切断したのか」

佐藤は首を振った。詠坂は言葉へ酔うように続けた。

「首を切る理由は、大きく分けて三つあったと思います。ひとつはその猟奇ぶりから事件が大々的に、それも二つの屍体を結びつけて報道されること。それは、有田智世の売春に関わっていた者たちへの警告になる。お前たちがこんな異様な事件を生んだ。もう動くなよという ね。告発文を始末しても、店長はそれを書いた者の思想まで否定したいわけじゃなかった。告発文の代替案としての首切断というのがまずひとつ」

人体切断に慣れた殺人鬼ならではの発想ですよねと彼は笑い、凄いですよ尊敬しますと言う。大勢を殺して屍体を始末してきたのに、そんな言葉をかけられたことなど一度としてなかったことを佐藤は思い出した。

「……残り二つの理由は？」

「そっちも切実ですよ。まずは蛎塚諒一の首の傷をごまかしたかったというもの。頸動脈切断の跡に沿って首を切り離せば、その跡は曖昧になりますから」

「そんなことで死因はごまかせない」

「ごまかしたかったのは死因じゃなく傷の具合。角度や深さだったんでしょう」

「……」

「全部言わなきゃ認めてくれないのなら、もう最後の理由を言っちゃいますよ。屍体の首を切る最大の効果。それは他殺であると見せかけることです」

いったん言葉を切り、だが応答を待たず詠坂は続けた。

「蛎塚諒一は他殺ではなかった。あれは自殺。自分で自分の首を突いて死亡したんだ。警察には膨大なデータがある。傷の深さや方向を調べれば、それが他人から刺されたものか、自分で刺したものかは判ってしまう。それをごまかすと同時に他殺であると見せかけるため、店長は恩師の首を切り離し——さらには少女売春を告発するため、話題作りとして謎の首切り魔が街を跋扈《ばっこ》しているという物語を演出し、二つの屍体が素速く関連付けられるよう有田智世の首も切ってアパートの通路に放り、ようやく通報したんです」

テンション高く言い切り、彼はそっと付け足した。

告発人は蛎塚諒一自身だったのでしょうと。

「顧客名簿と告発文に加え、現場には遺書もあったはず。蛎塚諒一の屍体を見つけた時、店長はその遺書を読んで、恩師が実の娘を殺して自殺したことを知った。だから動くことにした。恩師の名誉を、そしてブックセルを護るために！」

佐藤は黙っていた。詠坂は続ける。

「専務が娘を殺して自殺したという物語より、正体不明の殺人鬼に殺されたという物語のほうが会社の士気的にずっとまし。それに店長は、恩師ほど警察を信じることもできなかったんでしょう。新村さんに聞きましたが、以前、刑事に失望したことがあるとか。売春には警察の看過が付き物と考え、告発文や名簿をそのままにしておくと始末されてしまうと思い、いちばん手慣れた方法で即席の物語を作ったわけだ」

どうですかと彼は問う。佐藤は首を振った。

「そこまで話が作れないと、小説家は務まらないものなのかい」

「今日日《きょうび》は話なんて誰にでも作れますよ。そいつをテキストに起こして正札を付けられるやつを小説家っつうんです。どうすかね。この話に値は付きますか」

「妄想だね。間違ってるよ」

「じゃあもっと怒り狂って下さい。俺はさっきから、恩師が実の娘を殺した鬼畜野郎だっていう推理を語ってるんですよ?」

「──君の推理だと、どうして専務は娘を殺すことになったんだ」

「売春させられている様を見かねてか、看過してる自分に耐えられなくてかな」

「だったら立派な理由じゃないか。僕みたいな人間を義憤に駆り立てたいなら、もっと狂気よりの妄想で挑発してくれないと」

「お望みならほかにいくらだって用意できますよ。俺は小説家ですから。ただ、近親相姦系の話はあんま好きじゃないんすよね」

「児童売春はアリでもかい」

ふうと詠坂はため息を吐く。

「……事件は風化してますし、ブックセルだって潰れてもうだいぶ経つ。こんな状況で嘘吐き通す理由なんてどこにあるんです」

「やったことをやっていないと言うのはもうやめたんだ。あの人——月島さんが現れた時にね。それとも、僕が二人を殺したのではないという確かな証拠でもあるのかい」

あるわけがない。

たとえどんな真実を示す証拠だろうと、すべては八年も前の事件なのだから。

うーんと詠坂は唸った。

「店長が自分のアリバイを崩すために利用した佐藤真は見つけられなかったんですよね。というか、いないと知りながら店長は彼の名前を出したんでしょうけど」

「何もかも陰謀か」

「手強い犯人と思ってるだけです」

でもと彼は顎を掻き、視線をわずかに逸らして続けた。最後になって、偶然から見放されましたねと。なんのことだい。あるんですよ決定的な証拠が。

「俺を動かしたのは水谷ってことを思い出して下さい。あいつが最初に遠海事件を調べていたんです。けどそれ、どうしてだと思います？」

「さっき言ってたじゃないか。僕と知り合ったころに起きた事件だからだろう」

「俺も最初はその説明で納得してました。……でも、それだけで決着した事件を調べ直そうなんて考えますかね。ほかに理由が——空白の埋まる確信があったんじゃないか。そう思って問いつめたら白状したんですよ。隠してた情報を」

「……隠してた？」

「事件当日。あいつは見てるんです。夕方、例のビデオ店から出てきた店長の姿をね！」

佐藤は椅子へ深く座り直し、詠坂の眼を見つめた。濁った光に邪魔されて、彼が何を狙っているかは判らない。言葉が嘘か真実かを見分けるのは昔から苦手だった。また過去のある時を境に、そんな吟味もしなくなって久しかった。

眼前の問題は常に殺すことで解決してきた。

もうその手は使えない。

手首には手錠が嵌り、殺してまで護るべきなにものもない。

小説家は言葉を続けた。

「死亡推定時刻に自分はビデオ店にいた——店長が阿比留刑事へ語り、のちに自分から崩してみせたそのアリバイが真実だった以上、店長に二人を殺せたわけがないんです」

真偽など——佐藤は思う。僕にはもう見分けられたところで使い道がない。だから、嘘だねと言った。

「ビデオ店には本当に行っていない。育は何か勘違いしているか、嘘を吐いてるのさ。第一、本当に僕を見かけたら声をかけるだろ」

「言ってましたよ。水谷のやつ。店長に会いに行く時はいつも気合を入れてたって。そうしないと店長の眼をまっすぐ見られないからって。だから、偶然見かけた時に声をかけられなかったのは当然なんですよ。蛎塚諒一の屍体を見つけた時の店長みたく準備ができてなかったんですから。そんなやつが相手を見間違えると思いますか」

「騙されているんだよ。今の育はよく知らないけど、それしかない」

それで収まるとも思わなかったが、案に相違して詠坂はぐっと身を退《ひ》いた。両手を机の上で噛み合わせながら貧乏揺すりを始め、けれどすぐやめると、くしゃっと後頭部を掻きむしって小さく頷いた。

「……まあ、こんな推理は間違ってたほうがいいんですけどね」

「どこまで本気なんだ」

「言ったでしょう。本格は売れないって。求められてるのは、殺人鬼、佐藤誠が実は一般にも判る理由で首を切断したなんて物語じゃなく、もっと意味不明なエピソードなんすよ。恩師を刺しながら晩飯を中華とエスニックで迷ってたとか、噴き出す血を見てB'zを口ずさんだとか、そんな感じのアレなやつです。俺の推理が真実だとすると、エピソードとしてパンチに欠ける。だからその、否定するならするでもうちょいこう、パリッとやってもらえませんか。これじゃ格好が付かないです」

「無理だね。悪いけれど」

そうすかと、あまり失望した様子もなく詠坂は頷いた。

「じゃあ企画のほうは適当に片付けることにします。別に蔵入りでもいいし。——ただ、それとは別にまだあるんですよね。ここへ来た目的」

「——育かい」

「話が早くて助かります。あいつからの頼まれごと、あとひとつだけあって」

内容が予想出来てしまう佐藤に、彼はさらりと告げた。

「店長に会わせてくれと言われてるんです」

部屋の気温が下がったように感じられた。同時に降りてきた懐かしい感情に戸惑う。なんだったろうこれは。確か、そう、恐れか？

ブレながら佐藤は言った。

「……拘置所が許さないだろう。それともまた圧力をかけるのかい」

「いえ。今日のこれは例外ですよ。二度も三度もできることじゃねえです。——でも、あは は、会いたくないとは言わないんすね」

「会えないって安心してるからね」

「あいつは本当にしつこいですよ。今度のことだって、俺が頷くまでバイト先に連日現れやがりましたから」

「僕の時もそうだった」

詠坂は真顔で佐藤を見つめ、息を吐き、人差し指と中指で額を連打した。

「水谷のやつ今、弁護士になるための勉強をしてんですよ。というのも、ここの内規では、死刑囚への面会は基本的に親族か弁護人にしか許可しないってなってるらしいんで。まぁ、この内規自体が刑訴法に違反してるって話もあるそうなんですが」

「育は法学部なのか」

「いえ。確か文理学部……心理学科とか言ってたかな。——だから今から大学入り直して、最短で七年、生きて待ってて下さいって伝言を頼まれました」

「——無理だね。死刑のほうが早いよ」

「このまま何もしなかったらでしょう。記録見た限り、店長の有罪を支えてんのは自白だけです。今から冤罪を叫んで再審請求しまくれば、自称正義漢、売名目的の著名人、頭のおめでたい感動屋が協力してくれるでしょう。俺もそのおこぼれに与《あずか》りますし、そうしたら十年や二十年は獄中で税金暮らしを続けられるんじゃないすか」

「そんな気はないよ」

佐藤を見つめて五秒、まあ、予想はしてましたけどねと言葉は続く。

「それならそれで仕方ない。……これで俺はやつに責められるわけだ。うぜー」

詠坂は椅子へ体重を預け天井を眺めると、突然、唄うように呟いた。

アイロニック、アイロニックボマーと。

「……なんだいそれは」

「呪文すよ」

「なんの」

彼は答えず頭を掻き回し、舌打ちをして立ち上がった。そして、まあそんなわけでと手を挙げ、ししおどしのように頭を下げた。

「俺のほうの義理は以上です。店長から何かありますか」

「ないね」

「そうすか。——もう会うことはないと思います。いつか始末されるまで、お元気で」

「君もね」

小説家は教誨室を出ていった。

佐藤がじっとしていると、刑務官がやってきて手錠を解いてくれた。

独房へ戻る途中で詠坂からだと封筒を渡され、歩きながら開けてみると、数枚の便箋が入っていた。差出人は水谷育で、文面には、どうしてももう一度会いたいという意味合いの言葉がしたためてあった。整った文字を眺めながら佐藤はかつての中学生を思い出そうとしたが、脳裏には姿どころか声さえも浮かんでこず、皮肉混じりに、殺人鬼とは別の自分が他人の頭に残っていることを面白く思えただけだった。

これが最後の不本意だろうか。

環境が投げてくる問題へ、もう自分の方法では立ち向かえない。世界が用意したやり方で戦ってゆかなければならない。ルールどおりに、正々堂々。

法に則《のっと》り殺されるまで、それは続くのだ。

そう考えると、初めて佐藤は他人を心底恨めるような気になり、損得なく人を殺したいと思った。その気持ちのまま独房へ帰るのを待たず、自分を慕ってくれる人の覚悟が滲む手紙を裂き、千切り、丸めて握り潰した。

己のルールに沿ってではなく、他人のものではなおさらなく、そうするのが自然、否、当然という仕草で。誤《あやま》るようにたやすく、殺すように優しく。

それがいちばん簡単なので。

おわりに

佐藤誠が処刑されたのはその翌年、平成二十七年三月四日水曜、前夜の粉雪が残していった寒気の最中のことであった。

判決確定から一年と経たず刑が執行されるという例は珍しく、そうした判断が下されたのは、本人が自らの量刑を受け入れており、その精神も安定していることに加え、佐藤誠の生存が世間へ及ぼす影響を法務省が懸念した結果である——というのが、今日、自称研究者のお歴々が唱える定説となっている。

筆者としてもその意見に反論があるわけではないが、むしろその早期処刑によって彼にまつわる幻想は保たれたのではないかという指摘はしておきたい。その点で、佐藤誠は処刑されたのちまでも不本意の世界へ留められたことになる。

無論のこと、この上ない実存主義者でもあった佐藤誠がそうした現状に対して何かを思うことは、金輪際《こんりんざい》ないだろうが。

詠坂雄二氏が展開してみせた推理を彼が認めることは遂になかった。

遠海事件における司法の判断は今も佐藤誠の有罪である。

ここでひとつ、事件の経過について公正を期しておくと、氏が佐藤誠との面会で展開した推理の終結部において、その推理を裏打ちする証拠として出した、犯行日夕方、ビデオ店から出てくる彼が目撃されている云々というそれは、まったくの嘘――作り話である。そうした事実は一切ない。自白を引き出そうとする小説家の不出来なハッタリだが、そうした揺さぶりを受けて、なお佐藤誠は自分が二人を殺したのだと言い張った。これを素直に捉えるなら、氏の導いた結論が誤っていたということになるが、筆者の考えは違う。

やはり佐藤誠は二人を殺してなどいない。

それを証すため氏はいくつもの言葉を重ねたが、私が信じる理由に掲げるものはただひとつ、遠海事件が佐藤誠の殺しらしくないという点のみである。有罪無罪起訴不起訴関係なく彼が殺したと述べた事件たちを調べるほど、遠海事件の異質さは際立っており、そこへ最も収まりよく嵌る筈が、彼は殺していないという説明なのだ。

物的証拠は無論ない。

今も、恩師とその娘を殺し首を切断したという物語は、巷に流布《るふ》する佐藤誠像の造形に影響を与えている。とりわけその凶悪性、非人間性を強調する意味合いで。

だが――

その行状から作られたはずの幻想が、遡って親である事実を改竄してしまう。

遠海事件はそうした例のひとつなのだと、筆者は今も考えている。殺人鬼という彼の評判を利用し、今も知識人面で虚業に精を出しているひとびとは、だから思い出して欲しい。佐藤誠の殺人はほとんどが自白に由って証されたことを。ひとつの殺人で探偵に立ちはだかられただけで、なぜほかの殺人すべてを自白したのかというのも彼にまつわる謎のひとつだが、そうすることで作り出した自身のイメージを最も巧く利用したのが本人であることに疑いはない。

自首した際、佐藤誠の頭にあったのは、自分の経歴が調べられることであり、関わった事件の始末についてであったろう。それらは再捜査されるかもしれない。未解決であればなおさらだ。だからこそ彼は、今のままで収めておくため他者の殺しを自らのものにしようと試みた。何十人も殺したのだから、二つばかり増やしてみてもバレることはないだろうと考えて、捜査記録の隙間を巧みに縫《ぬ》う自白を整え、通すことでだ。

もしかしたらと筆者は思う。そのための大量殺人自供だったのではないかと。

いくつかの真実を墓へ持っていくため、彼は多くの殺人を隠さなかったのではないか。理由さえあれば人を殺すことにためらいを覚えなかった佐藤誠だ。同じように理由があれば、事実をねじ曲げることにもためらいはなかったに違いない。

遠海事件において彼が行った犯罪は屍体損壊のみ。

無論、それで彼の罪が軽くなるわけではない。人殺しは人殺しだ。一冊の本を万引きした損害を補填するには四冊の本を買わなければならない。では、ひとつの命を殺した罪を贖《あがな》うには、いくつの命を救わなければならないのか。良識ある大人であれば誰でも、そうした問いの空しさは知っているだろう。

かつて面会室で佐藤誠は、あなたについての記録を残したいと申し出る筆者に、こう尋ねたことがある。僕みたいな人格に言葉で理屈を与えることは、僕と同じ道を辿りやすくし、次の僕を生みやすくする世界作りに繋がる。君にその覚悟があるのかと。

その時筆者は、それは同時にあなたのようになるかもしれない人間を止める可能性も持つはずだというようなことを言った。今もその意見は変わらず、こうして本書を企画する原動力ともなっているが、しかし今思うに、私は彼の問いに答えていなかった。

犯罪に対し犯罪学者に何ができるのか。

突き詰めればそれは、何ができると思い研究しているのかという問いに至るだろう。

幸い私には明確な理由が用意できているが、それが立派な大義では到底なく、個人的な感情に由来することもまた、私自身がいちばんよく知るところなのだ。

犯罪を体系化しその仕組みを知ることで、いつか、希少種を絶滅させるように犯罪を撲滅することのできる時代が訪れる。そうした夢と呼ぶのも憚《はばか》られる妄想を抱いたことは、筆者には一度としてない。生存が原罪を伴うように、犯罪とは法の利便へ支払う対価であり、人が群れ集い社会を維持する限りにおいて、その撲滅は未来永劫ない。厳然とした死刑存置論者である私は、だからこそ胸を張り断言することができる。

覚悟はあると。

佐藤誠は殺人犯であった。そこに疑いはない。

だが、英雄として祀《まつ》られる偶像などでは断じてない。

彼はひとりの人間にすぎないし、彼が出会い殺してきた相手も皆、ただの人間だった。当然、幾多の殺人を導いた理由もまた、解《ほぐ》せば充分に理解可能なものだ。

今もなお佐藤誠へ寄せられる誤解を解き、彼の無闇な幻想化に歯止めをかけることは、今日よりましな明日を呼ぶだろう。筆者はそう考えている。

信念と呼ぶには、あまりに信仰へ近いかもしれない。

もしそれが、彼が生きた生に意味がなかったと思いたくない幼い衝動が生んだ言い訳なのだとしても、あるいはまた、単純な自己肯定の結果なのだとしても、

それが私の覚悟であることに揺らぎはない。

以下は末文となる。

本書を企画する上で参考にした資料については、そのほとんどが非公開のもので、情報元を明らかにしないことを条件に提供していただいた点を鑑み、提示しない。

ここでは本書の共同執筆者である詠坂雄二氏への謝意を述べるだけに留めておく。

前回で散々懲《こ》りておきながら、再び膨大な資料と不備の多い構成、支離滅裂なテーマを持ち込んで物語仕立てにしろと迫る筆者に対し、小刻みにキレながら構成を組み替え、足りない部分を補い、丁寧に言葉を選んでは、私の解説を差し挟むタイミングに至るまで心を砕いてくれた執筆者がいなければ、本書は最後まで読み通すことすら辛いものとなっていたに相違ない。その点で人選に間違いはなかった。謹《つつし》んで感謝を申し上げる。

いまだに佐藤誠を特別な人間と見なすことで、殺されたひとびとをもう一度殺しているよきひとびとに不毛な足踏みをやめさせるには、当たり前の理解を積み重ねていくしかない。筆者には彼が殺した数だけ企画があるので、もし次があるようであれば、三度、氏へお願いすることになるだろう。氏自身がどういう意見でいるかは定かではないが。

平成三十年十二月

佐藤育

巻末資料

遠海事件に伴う佐藤誠の足跡

05年（平成17）	1月	ブックセルにアルバイトとして入社。
	10月	社員として再雇用。
06年（平成18）	6月	遠海事件発生。
08年（平成20）	2月	ブックセル倒産。
	12月	逮捕。
09年（平成21）	7月	東京地裁にて公判開始。
14年（平成26）	4月	一審判決、控訴せず死刑確定。
	7月	詠坂との面会。
	8月	獄中結婚。
15年（平成27）	3月	刑執行。

（作成・詠坂雄二）

解説——ミステリセンスの塊の手による最高の一冊

村上《むらかみ》貴史《たかし》
（ミステリ書評家）

■魔術師

いやぁもうなんというか、ミステリセンスの塊のような作家の手によるミステリセンスの塊のような一冊である。

この『遠海《とおみ》事件　佐藤誠はなぜ首を切断したのか？』は、まさにそんな作品なのだ。詠坂雄二の手にかかると、目の前にあるものも読者には見えなくなってしまうし、逆に、目の前にないものが見えてしまったりする。

そうやって読者を操る手付きたるや実に鮮やかで滑《なめ》らか。それこそ熟練《じゆくれん》の魔術師の技なのだが、それをそう感じさせない〝いびつさ〟を、詠坂のミステリは纏《まと》っているのである

（いびつさも術のうちなのだが）。そんなギャップを備えている詠坂雄二はとことん唯一無二なのである。

■殺人者

まずは事件からして全く尋常《じんじょう》ではない。佐藤誠《さとうまこと》という男が犯した複数の殺人事件を題材としているのだが、この殺人の数が半端ではないのだ。起訴《きそ》された数は十三件、そのうち地裁が有罪を認めたものが九件だった。だが、佐藤誠の自白は、実に八十六人を殺したというものだったのだ。それも、思い出せた数だけで、だ。それでも起訴が十三件にとどまったのは、佐藤誠の場合、〝仕事〟が丁寧《ていねい》だからだ。単に殺しておしまいではなく、その後の処理を徹底的に行うが故に、自白があっても起訴に至れなかったのである。

また、それだけの多数の殺人の大半が、連続殺人ではないという点も特徴だ。それぞれに異なる理由で、佐藤誠は人を殺してきたのである。それだけ殺人に至るハードルが低いのであろう。他の解決策を探る前に、とりあえず殺してしまう——といったところか。

こうした尋常ではない大量殺人及び大量殺人犯を案出した詠坂雄二は、その表現においても独自性を追求した。ドキュメンタリーのかたちでそれを表現したのである。それも、二重構造のドキュメンタリーとして。

この佐藤誠を巡るドキュメンタリーの全体は、まずは一人の犯罪学者の研究として存在している。しかしながら、その研究のすべてをそのまま書き記すのではなく、その一部――獄中の佐藤誠と面会して得た言葉や他の資料から得た情報――を、別の人物が再構成して小説のように表現しているのだ。つまり、この『遠海事件』という本は、犯罪学者の手による学術的記述と、小説家の手による小説風の記述とで成り立っているのである。

これだけでも充分に〝ひねくれた〟表現だが、その小説風の記述を担当する人物が、〝詠坂雄二〟なのである。書籍の外側と内側の境界線をとろけさせるような演出であり、嬉しくなってくる。とはいえ、とろけた結果、読者の存在する世界と地続きになるのが、覚えているだけで八十六人を殺したという佐藤誠の事件なのだから、手放しで嬉しがっているわけにもいくまい。そのスリルを含めて、詠坂雄二の小説の醍醐味《だいごみ》である。

さて、この『遠海事件』という作品では、八十六件の殺人のうち、二件の殺人事件に焦点が当てられていく。その名もまさに遠海事件、遠海市で発生した二重殺人事件であり、特異な事件であったために世間の注目を集め、一旦は迷宮入りしながら、佐藤誠の自供によって決着した事件である。

この事件は、一人の成人男性と一人の少女が殺され、そしてそれぞれの首が切断されたというものである。猟奇的《りようきてき》な事件ではあるが、佐藤誠の一連の事件として捉《とら》えると、別の特徴が浮かび上がってくる。佐藤誠自身が屍体の発見者になったことと、屍体の首が切断されていたことだ。特に後者が大きな謎だった。佐藤誠の犯罪の特徴は、徹底した屍体隠蔽《いんぺい》である。なのに彼はなぜこの二つの屍体は現場に遺《のこ》しておいたのか。そして現場に遺しつつもなぜ首の切断だけは行ったのか。なんとも妖しくも魅力的な謎を、著者である詠坂雄二は読者に提示するのである。

さらに作中では、首の切断という行為そのものについて分析が繰りひろげられる。被害者が誰かとか犯人が誰かとかという具体的な議論ではなく、もう一つ上の次元で、抽象化されたかたちで切断の必然性などが吟味《ぎんみ》されるのだ。ジョン・ディクスン・カーが『三つの棺』で行った「密室講義」を彷彿とさせる「首切り講義」が行われるのだ。ここもまたミステリファンのハートをくすぐるポイントである。

その一方で、男性と少女の首の切断に関する（そのタイミングに関する）不自然さも、本書に描かれた事件は備えている。その不自然さは、ミステリとしてはまっとうな道の延長線上に存在する不自然さなのだが、佐藤誠の犯罪という背景の中では、あるいは、抽象的な首切り講義との対比においては、なんとも生々しい不気味さとして読者の心に忍び込んでくる。このゾクゾクする感じ、なんともたまらない。

その他、事件当時の佐藤誠のアリバイの吟味もまたいい意味で変だし、それに関連して用いられるトリックもいい意味で雑だ。そもそも佐藤誠を自首に追い込んだ名探偵の活躍（というか活躍を詳述しないこと）もまた極めて変である。そうした「変」とか「雑」とかをひっくるめて、この『遠海事件』の世界は完成しているのだ。

そう——それらがあったからこそ、完成しているのである。つまり、それらの「変」や「雑」の要素もまた、この作品において不可欠なのだ。言い換えるならば、それらがそう書かれていることには、すべて意味があり目的が存在しているのである。結末の最後の最後の頁《ページ》まで目を通した読者は、著者が本書で構築した世界の真の姿を、つまり変に感じたり雑に感じたりしたエピソードの真の意味を、その段階で初めて認識することになる。詠坂魔術によって見せられていた幻影が消え、世界が見えてくるのだ。強烈な衝撃とともに。

■作家

ちなみにこの『遠海事件』は、詠坂雄二の第二作である。第一作は二〇〇七年に刊行された『リロ・グラ・シスタ the little glass sister』であり、これは光文社の新人発掘企画《KAPPA-ONE》の受賞作品であり、高校を舞台にしたミステリであった。第三作は二〇〇九年の『電氣人間《でんきにんげん》の虞《おそれ》』で、こちらは都市伝説を題材にしたミステリである。本書『遠海事件』はその二冊に挟まれて二〇〇八年に刊行されたわけだが、こうして三冊並べてみると、共通する固有名詞がいくつも用いられていたりして、しかも、名前が共通であってそれが示す実体が同一なのかは判然としないかたちで用いられていたりして、本書単品では味わえなかった新たな刺激を味わうこともできる。そんなところにまで罠を仕掛ける詠坂雄二、素敵なエンターテイナーである。デビュー以前に作品を投稿する際に用いていた筆名《ironic bomber》が示すように、皮肉で爆弾屋なエンターテイナーなのである。

詠坂雄二はその後、日本推理作家協会がその年のベスト短篇ミステリを選ぶアンソロジー『ザ・ベストミステリーズ2012』に「残響ばよえ〜ん」が収録され、それを含む短篇集『インサート・コイン（ズ）』（二〇一二年）を世に送り出したりするなどミステリを書き続けつつ、『日入国常闇碑伝《ヒノイルクニトコヤミヒデン》』（二〇一三年）で伝奇小説に寄り添ってみたり、あるいは、名探偵志願の女子高生と殺人者志願の男子高生が出会う『亡霊ふたり』（同年）で青春小説を書いてみたりしている。つまり、様々な挑戦を続けているのだ。それだけに、今後、どんな作品を手掛けるのかが全く予想できない。ひねくれていて、そのくせ磨き抜かれていて、隅々まで自覚的で、そして唯一無二。そんな作品を放ち続けるであろうことは予想できるのだが。

今後ますます自由に成長を遂げていくであろう詠坂雄二の既刊のなかで、完成度と衝撃という観点でいえば、この『遠海事件　佐藤誠はなぜ首を切断したのか？』は、やはり最高の一冊である（ちなみに親本は装幀や巻末の広告も含め、本文同様に凝りに凝った造りとなっていた）。それほどに充実した内容の一冊であり、それほどに完成度の高い小説なのである。

二〇〇八年七月　光文社刊

光文社文庫

遠《とお》海《み》事《じ》件《けん》　佐《さ》藤《とう》誠《まこと》はなぜ首《くび》を切《せつ》断《だん》したのか？

著者　詠《よみ》坂《さか》雄《ゆう》二《じ》

2014年2月20日　初版1刷発行
2023年7月5日　2刷発行

発行者　三宅貴久
印刷　堀内印刷
製本　フォーネット社

発行所　株式会社　光文社
〒112-8011　東京都文京区音羽1-16-6
電話（03）5395-8149　編集部
8116　書籍販売部
8125　業務部

ISBN978-4-334-76695-5　Printed in Japan

組版　萩原印刷